LENI WAMBACH

ENGELS SCHATTEN

GEJAGTE DES HIMMELS

im.
pres
s

© privat

Leni Wambach wurde 1997 geboren und lebt noch in ihrem Geburtsort Essen. Derzeit studiert sie Anglistik und Linguistik und belegt Sprachkurse in Italienisch, um eines Tages in ihrer Herzensheimat Italien wohnen zu können. Sie schreibt, seit sie denken kann, und taucht am liebsten in fantastische Welten ein – sowohl beim Lesen als auch beim Schreiben. Wenn sie keines von beidem tut, macht sie Musik oder ist auf einem Pferderücken zu finden.

Für die, die diese Zeilen nicht mehr lesen können,
aber immer in ihnen weiterleben werden.

1. KAPITEL

Magdalena

Ich starrte angestrengt auf den Boden. Wolkenfetzen umspielten meine nackten Füße. Sanfte Musik erklang. Gut, dass ich nichts zum Frühstück gehabt hatte, sonst wäre mir spätestens in diesem Moment alles hochgekommen.

Und dann erwachte der Chor. Säuselnde hohe Stimmen, die anschwollen, je näher *sie* kam. Ich verschränkte meine Finger miteinander, verlagerte mein Gewicht, zupfte an dem weißen, langen Kleid – Beweisstück A für die Geschmacksverirrungen der Schneider – und schielte zur Seite. Zu Samuel, dem einzigen Freund, den ich hatte.

»Ich bin so aufgeregt. Es ist eine unglaubliche Ehre! Unser Bezirk ist so weit außen und sie kommt hier her!«, sprudelte er heraus.

Ich brummte etwas, was wohl zustimmend klang. Würde ich sagen, dass das alles ziemlich albern war, eine reine Zeitverschwendung, würde er einen Herzinfarkt bekommen. Oder so etwas Ähnliches. Konnten Engel einen Herzinfarkt bekommen?

Das Raunen um mich herum verstummte, die Luft wurde schwerer – sie war da. Erst als die anderen um mich herum auf die Knie sanken, die Augen gen Boden gerichtet, fiel mir ein, dass ich das vermutlich auch tun sollte. Jaja, wir waren alle gleich, alle demütige Diener der Quelle – außer die, die besser waren als wir. Beinahe musste ich lachen. Beinahe.

Alles in meinem Leben war beinahe. Nicht knapp genug, um mit ernsthaften Konsequenzen rechnen zu müssen, aber genug, um gemieden zu werden. Nicht, dass ich viel Interesse an der Gesellschaft der anderen hatte, denn sie waren alle sittsam und brav und nett – also total langweilig. Wie Engel zu sein hatten. Und Maria, einer der höchsten Engel, war der Gipfel der langweiligen Perfektion. Ausgerechnet sie stattete meinem Dorf einen Besuch ab. Auch wenn ich sie nicht ausstehen konnte, ich war neugierig. Wie sah wohl jemand aus, der so angebetet wurde wie sie?

Bei dem Versuch, einen Blick auf sie zu erhaschen, begann ich zu schielen, doch das Einzige, was ich erkennen konnte, war der goldene Saum ihres Kleides, als sie vorüberschwebte. Gold! Wer trug noch goldene Sachen? Dennoch, ein weiterer Beweis, dass sie »besser« war als wir. Dabei war sie die größte Heuchlerin, die ich je gesehen hatte. Sie tat immer freundlich, sanft und gütig, aber sie interessierte sich für niemanden, der ihr untergeben war.

Früher hatte ich sie bewundert, so wie alle. Eine Lichtgestalt hatten wir angebetet, mehr Traum als Wirklichkeit. Wie stolz wir alle mit Erreichen des zwölften Lebensjahres vor den Rat getreten waren, damit über unser Leben entschieden wurde.

Wochenlang war ich aufgeregt gewesen. Von der Schneiderin hatte ich sogar ein besonders schönes Kleid bekommen, natürlich weiß und aus ganz weichem Stoff, mit zarten Ranken verziert. Am Morgen hatte ich mir die Haare geflochten, ganz ordentlich, damit keine Strähnen abstanden. Man hatte uns in eines der Ratshäuser gebracht – und wir warteten, Stunde um Stunde verging. Ich erinnerte mich daran, dass meine Kehle wie ausgedörrt war. Mein Magen rumorte und unser nervöses Getuschel war lähmender Stille gewichen. Mich riefen sie als Erste, doch statt des Rates, statt der freundlichen, strahlenden Gesellschaft, die nach einem langen Gespräch mit mir über meine Zukunft entscheiden sollte, stand dort ein ernster Engel mit einer Liste.

»Äußerster Bezirk«, sagte er knapp und hatte auf eine Tür gedeutet.

Wie betäubt hatte ich ihn angestarrt, den Engel, der in jenem Moment mein ganzes Leben ruiniert, jeden Traum in Stücke gerissen und alle Hoffnungen zerstreut hatte, wie es der Wind mit den losen Wolkenfetzen unter uns tat. Ironischerweise empfand ich es als äußert beruhigend, diesem Schauspiel zuzuschauen, unter dem meine Arbeit regelmäßig beträchtlich litt.

All diese Gedanken rauschten in den Sekunden an mir vorbei, die die Prozession zum Passieren meines Sichtfeldes brauchte, und ein jäher Jubel schreckte mich auf. Auch Samuel rief seine Freude hinaus. Wenn ich meinen Gefühlen Töne geben würde, wäre es vermutlich etwa das gleiche Geräusch, das die meisten Menschen beim Anblick einer Spinne von sich gaben. Daher schwieg ich wohl besser, wie eigentlich meistens. Außerdem schmerzte mein Kopf, sodass der Abscheu auch noch ein Schmerzenslaut hinzugekommen wäre, hätte ich meinen Mund geöffnet. Das Problem war jedoch nicht, dass ich mich nicht freute – hier hatte niemand Schmerzen. Doch seit einigen Wochen dröhnte mein Kopf, was durch die allgegenwärtige Helligkeit nicht unbedingt besser wurde.

Ich versuchte mich dennoch auf das Fest zu freuen, das nach der Prozession begann. Zugegeben, der Hauptplatz war ganz nett geschmückt und es gab mal was anderes zu essen außer dem üblichen geschmacksneutralen Kram. Sogar Honigküchlein hatte ich erspäht.

Ich machte mich gerade zum Sprung auf meine Leibspeise bereit, das meinte ich auch fast wörtlich, als ein Schatten auf mich fiel. Samuel unterhielt sich gerade mit leuchtenden Augen mit einem älteren Engel, dessen Namen ich mir einfach nicht merken konnte, schaute nun aber auf und zog besorgt die Augenbrauen zusammen. Grund genug auch für mich angespannt zu werden.

Langsam drehte ich mich zur Seite. Lukas, ein wahrer Riese von Engel, sah auf mich hinunter.

»Was willst du?«, fragte ich seufzend und konnte mich gerade davon abhalten, mir die Schläfen zu massieren. Bis ich in den Außenbezirk gekommen war, hatte er Samuel immer schikaniert. Mittlerweile war ich sein erklärtes Ziel.

»Was machst du hier? Niemand will dich dabeihaben«, gab Lukas zurück. »Mit deiner bloßen Anwesenheit verdirbst du das Fest für die Herrin Maria.«

»Das war es schon, als sie dein Gesicht gesehen hat«, erwiderte ich. Jaaaa, ich und mein loses Mundwerk, wir waren gute Freunde. Aber ich war es leid, dass er mir ständig sagte, ich würde stören. Dabei hatte ich überhaupt nichts gemacht und bis zu diesem Gespräch mit niemandem ein Wort gewechselt. Egal was ich tat, egal ob ich mir Mühe gab, niemand wollte mich hierhaben. Also hatte ich aufgehört, es Engeln wie Lukas recht zu machen.

Lukas runzelte die Stirn, was einem Wutanfall bei einem Engel am nächsten kam. Hui, da bekam ich fast Angst.

»Es sind deine unfreundlichen Worte und deine Zweifel, die immer alles kaputt machen!«

Warum ließ er mich nicht einfach in Ruhe? Ich hätte kein Problem damit gehabt, einfach schweigend das Fest über mich ergehen zu lassen. Ich biss die Zähne zusammen, um mich nicht auf ihn zu stürzen. Eine giftige Erwiderung lag mir dennoch auf der Zunge. Doch bevor ich es ihm zurückgeben konnte, ging Samuel dazwischen.

»Lukas, Jonathan möchte mit dir sprechen«, sagte er freundlich.

Lukas warf mir einen warnenden Blick zu, und Samuel einen abschätzigen, was für einen Engel schon echt unfreundlich war, dann ging er.

»Das kam spät«, murrte ich und griff mir ein paar Honigküchlein.

Samuel sah mich ruhig an. Wie schaffte er es nur, so ausgeglichen zu wirken?

»Ich habe dir nichts getan, Magdalena«, antwortete er, vermutlich als Reaktion auf meinen Tonfall, und ich senkte den Kopf in einem Anflug von Schuldbewusstsein.

»Ich weiß.«

»Und es tut dir leid?«, versuchte Samuel eine Reaktion aus mir herauszulocken. Weil er dabei immer noch freundlich aussah, verpuffte ein großer Teil meiner Aggression. Wenn ich ehrlich war, hatte er es auch nicht verdient, meine schlechte Laune abzukriegen.

»Ich … denke? Kann ich gehen, bitte? Ich habe bitte gesagt!«, fügte ich fast flehend hinzu.

Samuel sah kurz zu Jonathan, einem unserer Aufseher. »In Ordnung, wenn er mich fragt, ich weiß nicht, wo du bist.«

Am Rand der Wolkenfelder, aber das war außerhalb der Arbeitszeiten verbotenes Terrain.

Ich lächelte Samuel kurz zu und machte, dass ich davonkam. Zu mehr fühlte ich mich echt nicht in der Lage. Die unterschwellige Wut auf Maria, die Auseinandersetzung mit Lukas, die Kopfschmerzen … und ständig das Gefühl, fehl am Platz zu sein; das alles raubte mir mit jeder Minute mehr Kraft und Selbstbeherrschung. Von der ich sowieso nicht allzu viel hatte, das musste ich ehrlich zugeben.

Mit meinen Honigküchlein in der Hand lief ich kauend im großen Bogen um den Hauptplatz herum zu dem Haus, in dem ich wohnte. Essen und die Bewegung beruhigten mich zumindest ein bisschen.

Ich ging so weit außen, dass die Wolken schon fast durchsichtig waren. Der seichte Wind zerrte an meinen Haaren und Kleidern, einige grau-weiße Schleier wurden weggetragen. Als Kind hatte ich mich oft gefragt, ob sich meine Welt beständig weiter auflöste und irgendwann auseinanderfallen und uns alle im freien Sturz gen Erde dem Schicksal überlassen würde. Diesen Moment des Fliegens hatte ich immer gefürchtet und gleichzeitig herbeigesehnt. Auch jetzt stand ich dicht am Rand, dort, wo wir eigentlich nicht hindurften, da es zu gefährlich war. Tief unter mir waren andere Wolken, normale Wolken, durch die ich einfach hindurchfallen würde.

In dem Moment hörte ich Stimmen aus einem der Häuser. Langsam ging ich auf die Quelle der Geräusche zu. Es war die Stimme der Aufseherin und eine mir unbekannte. Sie war hell und irgendwie leuchtend. Natürlich war sie das, was auch sonst? Wir waren immerhin Engel. Anständige Engel hatten leuchtend zu sein! Zumindest, wenn es nach den Menschen ging.

»… Anzeichen?«

»Nicht mehr als in den Jahren zuvor. Sie bleibt für sich. Es war gut, dass man sie von der Quelle ferngehalten und hierhingeschickt hat.«

Ich runzelte die Stirn und schlich näher. Eine wilde Neugierde hatte mich gepackt. Worum ging es? Und wer unterhielt sich dort?

»Das ist wohl richtig. Dennoch äußerte der Rat Bedenken, ihr Alter … ihr Kern, ihr Licht ist verdorben. Schande und Dunkelheit werden immer einen Weg finden.«

Ein Schaudern überlief meinen Rücken. Wie konnte eine so schöne Stimme nur so kalt klingen? Ich drückte mich an die Wolkenwand des Hauses und presste mich daran entlang zum Fenster, um einen kurzen Blick auf die mir unbekannte Person zu erhaschen.

»Herrin …«

»Ich weiß, sie steht unter Eurem Schutz, doch selbst hier, weit entfernt, ist sie zu gefährlich. Wir werden sie mitnehmen und sie wird fallen.«

Ich sog scharf die Luft ein. Über wen auch immer sie da sprachen … Diese Person, offensichtlich weiblich, würde fallen. Die schlimmste Strafe, die es gab, denn man fiel und fiel und fiel …

Und schließlich erreichte man ein Gefängnis aus Feuer und Asche, aus Schwefel und giftigen Dämpfen. Ein Gefängnis für die Ewigkeit, bis die Erde aufhörte zu existieren. Zumindest hatte man uns das immer so erzählt und ich war nicht scharf darauf, das zu überprüfen.

Ich warf einen raschen Blick durch die Öffnung in der Wand –

und mir blieb der Mund offen stehen. Dort saß niemand anderes als *sie*. Und sie war wunderschön und von einem überirdischen – zugegeben, ein schlechtes Wortspiel – goldenen Schimmer umgeben. Doch der Ausdruck in ihrem makellosen Gesicht war berechnend und ihre himmelblauen Augen glommen kalt, wie Winterwolken. Ich vergaß ganz, dass ich nur einmal kurz schauen wollte, doch die beiden waren so sehr im Gespräch vertieft, dass sie mich nicht bemerkten und auch ich konzentrierte mich wieder auf ihre Worte.

»Nun gut, sie hat keine Verwandten und keine Freunde hier, außer Samuel. Ich werde ihm sagen, dass Ihr sie mitgenommen habt, und er wird denken, ihr sei eine große Ehre zuteilgeworden«, stimmte meine Aufseherin zu und es dauerte nur den Bruchteil einer Sekunde, bis ich ihre Worte verstanden hatte.

Keine Verwandten. Keine Freunde außer Samuel. Blieb für sich alleine. Ich. Sie redeten über mich. *Ich* sollte fallen. Warum? Warum, was hatte ich getan? Ich war gefährlich? Mein Magen zog sich zusammen, verkrampfte sich unangenehm, während mein Verstand noch versuchte zu begreifen, was vor sich ging. Das musste ein Irrtum sein! Ich hatte nie jemandem etwas getan. Wenn man von dem Tag absah, als ich ... Doch das war lange her und ich war damals noch ein Kind!

Erst nach einigen Sekunden, kostbare Sekunden, bemerkte ich, dass das Gespräch verstummt war, und mich zwei Augenpaare durchbohrten.

»Äh, ... verdammt«, murmelte ich, davon überrumpelt, beim Lauschen erwischt worden zu sein. Hm, okay, vielleicht gab es doch ein paar Gründe, mich bestrafen zu wollen. Offensichtlich stand ich unter Schock, denn ich dachte noch mehr Blödsinn als sonst.

»Ergreift sie!«, befahl die Herrin mit kalter, schneidender Stimme – und ich rannte.

Sie würden mich nicht mitnehmen und bestrafen, das würde ich nicht zulassen! Ich mochte es hier oben nicht, aber im Gefängnis verrotten würde ich auch nicht. Was also tun? Hinter mir hörte ich Schritte, es war mehr als ein Wächter. Vor mir wurde die Wolkenschicht dünner und durchsichtiger. Unter meinen Füßen konnte ich den blauen endlosen Himmel sehen und auf einmal war mir klar, was ich tun musste.

Springen.

Man hatte noch nie von jemandem gehört, der einen Sprung überlebt hatte. Vielleicht würde ich einfach nur ewig durch Wolken fallen. Oder ich würde auf der Erdoberfläche zerschellen und nur noch blutigen Knochenmatsch hinterlassen. Das klang doch ermutigend. Die Alternative waren ewige Qualen. Springen und zermatscht werden war vielleicht gar nicht so schlimm.

Dann hatte ich auch schon keine Zeit mehr zu überlegen, ein Schritt, noch ein Schritt – und die letzten Wolkenfetzen lösten sich unter mir auf, während ich über die Schulter sah. Der erste Wächter streckte die Hand aus, er war dicht hinter mir gewesen, doch mein Arm entglitt ihm um Haaresbreite und unter seinem entsetzten Blick stürzte ich hinunter.

Erst schrie ich, doch schnell wurde daraus ein kreischendes Lachen. Es war ein unglaubliches Gefühl, als die Luft an mir vorbeizischte und selbst, als ich durch eine Wolke fiel und nass wurde, konnte ich nur prusten und schreien und lachen.

Vielleicht wurde ich einfach wahnsinnig. Es schien fast so, als würde nicht ich mich bewegen, sondern die Welt um mich herum. Ich breitete meine Arme aus und tat so, als könnte ich fliegen. Es kostete mich einige Mühe, die richtige Lenk-Technik zu finden, um mich auf den Rücken zu drehen.

Ich sah nach oben, konnte aber die große Wolkendecke nicht mehr erkennen. Mein Land. Den Himmel. Nur noch normale Wolken, graue und schneeweiße, waren über mir. Aber das war vielleicht gut so. Ich würde nicht nach hinten schauen, vielleicht hatte ich nur noch wenige Minuten, Sekunden zu leben. Ich sollte es genießen, das erste Mal in meinem Leben frei zu sein. Als ich nach unten blickte, sog ich scharf die Luft ein. Die Erde! Ich konnte sie sehen, klar und deutlich, die Landschaft rückte immer näher. Mein Fall schien immer schneller zu werden und ich schloss erschrocken die Augen, mein Schrei wurde vom Wind zerrissen. Dann kam der Aufprall auf den Boden.

Der war sanfter als ich vermutet hätte. Man sollte meinen, nach einem beinahe unendlichen Fall würde mehr passieren, als nur ein bisschen Zähneklappern und schmerzende Knie. Ich hatte eigentlich damit gerechnet, als blutiger Matsch auf dem Boden zu enden. Vermischt mit Knochensplittern und Gehirnmasse hätte das eine hübsche Sauerei gegeben, getreu dem Motto: Ist das Kunst oder kann das weg? Da meine Augen aber nicht auf dem Asphalt herumrollten, konnte ich mich umsehen.

Und konnte nicht verhindern, dass ich staunte. Alles war voller Lichter! Richtige elektronische Lichter! Reklame blinkte, wohin ich auch sah, in der einsetzenden Abenddämmerung, eine echte glühende Abenddämmerung, sprangen die Laternen gelb leuchtend an. Ich drehte mich von links nach rechts, um nichts zu verpassen.

Aus den Augenwinkeln sah ich eine Bewegung und fuhr herum. Jemand stand direkt vor mir. Ein Mädchen mit hellen taillenlangen Haaren und weit aufgerissenen Augen

Äh, Moment. Das ... war mein Spiegelbild. In einem Schaufenster.

Ich trat näher an die Scheibe heran, fasziniert von dem, was ich sah. Noch nie hatte ich mich so klar gesehen. Es gab da oben keine Spiegel, zumindest hatte ich nie einen zu sehen bekommen. Wahrscheinlich damit wir nicht sahen, wie lächerlich diese Kleider aussahen. Irgendwie hatte ich ja gehofft, ich hätte, auf irgendeine magische Art und Weise, *oder so etwas in der Art,* mein Outfit gewechselt, aber ... nope.

»Wen haben wir denn da?«, hörte ich eine unangenehm schnarrende Stimme und drehte mich halb um.

Eine Gruppe von Männern war um die Ecke gekommen und sie stießen sich grinsend in die Seite, während sie mich musterten. Ein paar von ihnen hatten Bierflaschen in der Hand.

»Bist du vom Himmel gefallen? So süß wie du bist, kannst du nur ein Engel sein«, sagte einer von ihnen und trat näher auf mich zu.

Ich öffnete den Mund zu einer giftigen Erwiderung, aber mir fiel nichts ein, um das zu entkräften – es war schließlich die Wahrheit. Er kam immer näher auf mich zu und legte mir die haarige Hand auf den Arm.

»Willst du nicht lieber deine Zeit mit uns verbringen? Du musst doch frieren, in diesem hübschen Kleidchen ... Ich könnte dich wärmen«, raunte er mir ins Ohr. Ich riss mich aus meiner Erstarrung und Verwirrung und entzog mich seinem Griff.

»Nein danke«, erwiderte ich zuckersüß, »ich würde eher eine Lungenentzündung vorziehen.«

»Zier dich nicht so! Wozu hast du sonst diesen billigen Fetzen an?«, knurrte er mit leiser Wut in der Stimme.

»Na ja, du läufst doch auch mit dem Gesicht rum und erwartest nicht, dass man dir in die Fresse schlägt, oder?«, übernahm mein loses Mundwerk und es tat verdammt gut, einfach drauflosreden zu können. Ja, *verdammt* gut.

Die Freunde des Kerls lachten dreckig, während sich seine Augen vor Wut verdunkelten.

»Halt bloß die Klappe!«, zischte er und kleine Spucketröpfchen landeten in meinem Gesicht.

Ich sah ihn angewidert an. Meinen ersten Kontakt auf der Erde hatte ich mir anders vorgestellt. Die anderen Typen kamen jetzt auch näher und ich wich Stück für Stück zurück. Ich wusste nicht, ob ich einem Rennen gewachsen war. Ich hob abwehrend die Hände.

»Wenn ich noch einmal darüber nachdenke, war Engel vielleicht doch kein schlechter Gedanke«, gab ich zu Bedenken, wenn auch nur um Zeit zu schinden.

Statt Wolken sammeln hätte man uns einen Kurs in »Verteidigung gegen betrunkene Arschlöcher« geben sollen. Okay, den hätte ich vielleicht sowieso nicht besuchen dürfen, aber es gab schließlich Engel, die mithilfe von sicheren Kanälen Aufgaben auf der Erde übernahmen.

Doch trotz allem war ich wie elektrisiert. Ich war auf der Erde und das erste Mal in Gefahr. Der Gedanke hinterließ ein Prickeln auf meiner Haut, entstanden aus purem Adrenalin. Ich konnte mich nicht dazu durchringen, Angst zu haben. Es waren nur *Menschen* und ich war einem schlimmeren Schicksal entronnen ... oder entfallen.

»Das hättest du dir vorher überlegen sollen.« Der haarige Typ ging drohend auf mich zu.

»Ich denke aus Prinzip vorher nicht nach«, murmelte ich unbeeindruckt.

Meine Haltung schien ihn noch mehr zu provozieren, doch bevor er wirklich gewalttätig werden konnte, verdunkelten die Wolken die letzten Sonnenstrahlen. In Sekundenschnelle wurde es finster. Eine solche Dunkelheit hatte ich noch nie gesehen, da es im Himmel nicht wirklich dunkel wurde. Keine Sekunde später rollte ein röhrendes Donnern durch die Häuserschluchten und unwillkürlich presste ich mir die Hände auf die Ohren. Die Kerle zuckten zusammen.

Als Nächstes zerriss ein Blitz den Himmel und beleuchtete die Szenerie. Machte sie scharfkantig und farblos, als gäbe es nur noch die schwarzen Schatten und das grelle Leuchten. Der nächste Donner ließ den Boden vibrieren und der darauffolgende Blitz war wie ein Kreischen. Das Gewitter, denn das musste es sein, ein waschechtes Gewitter, kam immer näher. Es regnete nicht, stattdessen schien sich die Luft weiter aufzuheizen und mir stellten sich die Haare zu Berge. Die Gruppe von Betrunkenen schien mich vergessen zu haben und verschwand erstaunlich schnell.

Auch mich überkam ein mulmiges Gefühl. Das Gewitter schien direkt über mir zu sein und durch das Grollen hinweg meinte ich ein anderes Geräusch zu hören. Den Klang von Posaunen, ein mir wohlbekanntes Geräusch. Aber was tat es hier?

Auf einmal fühlte ich mich seltsam angreifbar, hier, mitten auf der Straße. Schnell drückte ich mich an der Hauswand entlang in eine Seitengasse hinein. Mit offenem Mund beobachtete ich wie ein Blitz einige Meter von mir entfernt in den Boden einschlug. Das Beben warf mich fast von den Füßen. Vor Schreck schrie ich beinahe auf, doch genau in dem Moment presste sich eine Hand auf meinen Mund und ein warmer Körper presste sich an meinen.

»Pst, Engelchen«, flüsterte eine raue Stimme und ich erstarrte.

2. KAPITEL

Eresz

Wie erstarrt beobachtete ich, wie ein helles Bündel aus Licht auf den Boden zuraste. Das war nicht üblich in dieser Gegend. Die offiziellen Kanäle mündeten in Schutzhäusern und nicht mitten auf der Straße. Ich wusste, ich sollte mich abwenden. Das ging mich nichts an, war nicht meine Sache und vielleicht täuschte ich mich und es war nicht das, was ich befürchtete.

Aus dem Bündel Licht wurde ein Mädchen, das über den Asphalt stolperte. Natürlich war sie hübsch. Ich konnte sie nicht aus den Augen lassen. Ihre Haltung war selbstbewusst, und als sie sich in einem Schaufenster sah, war ihre Miene erst überrascht und misstrauisch, dann fasziniert. Gedankenverloren fuhr sie sich durch die Haare und musterte sich kritisch. Konnte ich ihr nicht verübeln. Das Kleid war grässlich. Sogar in der Dämmerung leuchtete es abartig weiß.

Eine Horde Betrunkener bemerkte sie. Innerlich spannte ich mich an, war bereit, einzugreifen. Dennoch wollte ich mich aus ihrer Sache, die bestimmt nicht so schlimm war, heraushalten. Aber wenn ein Mädchen leicht bekleidet wie sie von einer Gruppe Männer angesprochen wurde, klickte meine gute Erziehung. Ha, meine Mutter wäre stolz auf mich.

Zu meiner grenzenlosen Überraschung und leisen Belustigung, ließ sie sich nicht einschüchtern. Sie hatte ein gefährlich loses Mundwerk und ihre Miene passte gar nicht zu der Erziehung, die sie vermutlich genossen hatte. Der Anführer des Grüppchens wurde zunehmend wütender und jetzt schien auch sie die Gefahr zu spüren und wich zurück, auf mein Versteck zu.

Dann passierte das, was ich befürchtet hatte. Es begann zu donnern. Innerhalb weniger Sekunden zog ein Gewitter heran, das die Luft elektrisch auflud. Ich hielt nach dem ersten Blitz Ausschau. Da waren sie.

»Scheiße«, fluchte ich. Die Betrunkenen entfernten sich von ihr, während sich in ihre ...

Moment. Sie hatte dunkelbraune Augen. Das war nicht möglich. Mir blieb keine Zeit darüber nachzudenken, denn sie wich in die Seitengasse zurück, die mir als Versteck diente. Instinktiv verschmolz ich mit den Schatten, damit sie mich nicht bemerkte. Ich beobachtete, wie sich ihre Augen vor Panik weiteten, als ein Blitz in den Boden einschlug.

»Sie werden dich nicht kriegen. Ich beschütze dich.«

»Versprochen?«

»Ja, ich schwöre es.«

Bevor sie schreien konnte, legte ich ihr die Hand auf den Mund und flüsterte: »Pst, Engelchen. Sonst hören sie dich noch.«

Sie war mir so nahe, dass ich spürte, wie sie erstarrte.

»Nicht schreien«, warnte ich und nahm die Hand weg.

Sie wirbelte zu mir herum und funkelte mich wütend an. »Was soll das?«, zischte sie, immerhin mit gesenkter Stimme. Beeindruckend. Noch immer verlor sie nichts von ihrer Selbstsicherheit.

»Das ist kein normales Gewitter, Engelchen«, erwiderte ich gelassener, als ich mich fühlte, während ich unruhig zum Himmel sah. Die Blitze wurden häufiger.

»Machen wir es kurz. Du bist ein Engel und gerade vom Himmel gefallen; Und das gefällt denen gar nicht. Sie jagen dich, und wenn sie dich finden, droht dir Schlimmeres als nur die ewige Verbannung, kapiert?«

»Ich habe keine Ahnung, wovon du redest«, protestierte sie schwach. In dem Moment wurden die Blitze anhaltend. Es gab keine Pause mehr zwischen ihnen und der Lärm war ohrenbetäubend. Ich tat das Einzige, was mir einfiel. Ich griff nach ihrer Hand, rannte los und zerrte sie hinter mir her.

Sie schnappte nach Luft, doch der Klang der Posaunen war nun nicht mehr hinter dem Donner versteckt. Es war der einzige Klang, der noch nachhallte. Auch sie musste wissen, dass das nichts Gutes bedeuten konnte. Für jemanden, der von dort oben herunterfiel, waren Posaunen in der Regel kein beruhigendes Instrument.

Ich zog sie von einer Seitengasse in die nächste, bis wir einigen Abstand zwischen uns und das Epizentrum des Gewitters gebracht hatten. Die Jagd würde jetzt wieder ein bisschen brauchen, um sie zu finden.

Sie schien auch der Meinung zu sein, dass wir weit genug gelaufen waren, denn sie blieb abrupt stehen.

»Ich werde keinen Schritt weiterlaufen, bevor du mir nicht sagst, wer du bist und was das soll!«, kommandierte sie.

Ich drehte mich mit hochgezogenen Augenbrauen zu ihr herum.

»Wie wäre es mit einem Danke?«

Sie verschränkte die Arme vor der Brust. »Danke wofür? Ich weiß ja nicht einmal, was das war.«

»Echt nicht? Du hast noch nie von der Jagd gehört?«, fragte ich etwas verblüfft. *Sie* hatte gewusst, was ihr drohte; der Engel vor mir hingegen zog bloß die Augenbrauen hoch und warf mir einen Blick zu, nach dem Motto »Sehe ich so aus?«.

»Die Jagd verfolgt Engel wie dich, und wenn sie dich finden, töten sie dich. Qualvoll.«

»Engel wie mich?«, wiederholte sie skeptisch. »Ganz zu schweigen davon, dass ich wirklich gerne wissen würde, woher du von so etwas weißt. Einer von ... uns bist du definitiv nicht.«

»Oh, meine hinreißenden grünen Augen haben mich verraten,

oder?«, erwiderte ich und sie funkelte mich wütend an. Schließlich erbarmte ich mich doch: »Nein, ich bin keiner von *euch*. Ich gehöre zur anderen Fraktion.«

Es dauerte nur wenige Sekunden, bis Verständnis in ihrem Gesicht aufblitzte. Sie war echt wie ein offenes Buch.

»Du ... du bist ...«

»Jaja, können wir dich jetzt bitte in Sicherheit bringen?«

»Warum sollte ein Dämon einen Engel in Sicherheit bringen wollen?« Sie verschränkte die Arme vor der Brust. Sie war nicht annähernd so schockiert, wie ich gehofft hatte.

»Weil, Engelchen«, begann ich und beugte mich vor, »mir jede Gelegenheit, denen da oben eins auszuwischen, eine unglaubliche Freude bereitet.«

Das Gewitter kam wieder näher und sie drehte den Kopf in Richtung der Blitze, die immer dichter nebeneinander einschlugen. Sie hatten die Spur wieder aufgenommen. Der Engel biss sich auf die Unterlippe.

»Du spürst doch, dass sie gefährlich sind. Es ist mir egal, was du hier machst, und nach dieser Nacht bist du auf dich allein gestellt, aber jetzt biete ich dir die einmalige Chance, für zwölf Stunden in Sicherheit zu sein ... Oh, und mein Name ist Eresz«, fügte ich etwas verspätet hinzu. Vielleicht half ja das. Ich streckte ihr die Hand entgegen. Ein Donnern ließ sie zusammenzucken.

»Magdalena«, erwiderte sie misstrauisch und nahm meine Hand – nur um sie nach einer halben Sekunde wieder loszulassen.

»Aber ich will eine bessere Erklärung, sobald wir deiner Meinung nach in Sicherheit sind, klar?«

Ich nickte resigniert. Sie war ganz schön stur! Aber wer konnte es ihr verübeln? Dass sie überhaupt mitkam, überraschte mich, aber wahrscheinlich spürte sie, dass ich ebenfalls nicht von dieser Welt war. Oder sie hatte nichts mehr zu verlieren.

3. KAPITEL

Magdalena

Ich folgte Eresz durch ausgestorbene Seitengassen. Er hatte mir erklärt, dass hier normalerweise viel los war, doch durch das Unwetter schienen sich die meisten in die Bars und Häuser zurückgezogen zu haben. Wir liefen offensichtlich nicht den direkten Weg, denn immer wieder schlugen wir eine andere Richtung ein, sodass ich irgendwann absolut die Orientierung verloren hatte.

Das Gewitter folgte uns zwar immer noch, aber es war etwas zurückgefallen. Anscheinend hatte Eresz mit dem, was er vorhatte, Erfolg gehabt. Ich hatte nicht gewusst, dass die Engel eine Möglichkeit hatten, mich aufzuspüren. Ich dachte, ich wäre sie alle los, wenn ich einmal auf der Erde wäre, aber da hatte ich mich wohl geirrt.

Wir waren mittlerweile in einem Viertel angekommen, in dem es keine Bars oder Cafés mehr gab und die Gebäude nicht mehr ganz so hoch waren. Vor einem Haus blieben wir stehen.

»Hier wohnst du?«, fragte ich außer Atem und er drehte sich mit hochgezogenen Augenbrauen zu mir herum.

»Offensichtlich«, bemerkte er spitz.

Er holte einen Schlüssel heraus und steckte ihn ins Schloss, das leise knirschte, als er ihn drehte. Er stieß die Tür auf und ich schlüpfte hinter ihm in den dunklen Flur. Natürlich wohnte er ganz oben. So viel gelaufen war ich noch nie in meinem Leben und Treppen gab es im Himmel nicht. Alles war auf einer Ebene, und wenn nicht, sammelte man eine Wolke.

Als wir vor der Wohnung ankamen, hatte ich wirklich Schnappatmung. Eresz öffnete die Tür und schob mich unwirsch in den Flur, ehe er sie mit einem leisen Geräusch ins Schloss fallen ließ. Durch die Wände drang der Lärm des Gewitters nur noch gedämpft, aber es reichte nicht, um mich wirklich sicher zu fühlen. Die Naturgewalt dieser Jagd wirkte nicht so, als würde sie sich durch zwei Türen und ein paar Wände aufhalten lassen.

Ich drehte mich zu Eresz um und er konnte mir die Skepsis vermutlich vom Gesicht ablesen.

»Sie können nicht in Menschenhäuser eindringen«, erklärte er und ein kleiner Teil von mir entspannte sich. Der Rest von mir blieb wachsam und misstrauisch. So ganz überzeugt war ich noch nicht.

Er war … er war ein verdammter Dämon. Ich hatte bis dato nicht einmal gewusst, ob es sie wirklich gab. Man hatte uns von ihnen erzählt, aber es hatte mehr wie Schauermärchen geklungen. Finstere, hässliche Gestalten, die in Urzeiten den Engeln auflauerten und sie brutal töteten; die Menschen verführten und in die Dunkelheit brachten. Doch angeblich fürchteten sie sich vor den Engeln und kauerten im Schatten, handelten nur, wenn sie unbeobachtet waren.

Eresz war aber weder hässlich, noch hatte er versucht mich zu töten und er sah auch nicht aus, als würde er sich vor irgendetwas fürchten. Oder irgendwo herumkauern.

Er zog sich die Jacke aus und hängte sie an die Garderobe, die eigentlich nur ein Haken an der rechten Wand war. Seine Schuhe stellte er darunter. »Komm mit, du hast Fragen.«

Ich schlüpfte aus meinen dünnen Stoffschuhen, die sich nach dem vielen Herumgerenne fast auflösten, und stellte sie zu seinen. Eine Jacke hatte ich nicht.

Ich folgte ihm. Die Küche war ähnlich spartanisch eingerichtet wie der Flur und der Zugang zum Wohnzimmer war offen. Er holte zwei Gläser aus einem Hängeschrank und goss Wasser ein, dabei tat er so, als wäre ich gar nicht da. Offensichtlich war es ihm unangenehm, dass ich hier war, aber schließlich war er es gewesen, der gewollt hatte, dass ich mitkam.

Er stellte die Gläser im Wohnzimmer auf den Tisch und setzte sich in den Sessel. Langsam setzte ich mich ebenfalls und fuhr mit den Fingern über den weichen Bezug. Es tat gut zu sitzen. Gegenüber vom Sofa hing ein gigantischer Fernseher.

»Werden sie aufgeben?«, flüsterte ich, obwohl mir gar nicht nach leise oder zurückhaltend war. Aber der Tag war anstrengend gewesen. Und verdammt noch mal, Maria hatte mich einsperren lassen wollen und ich war gesprungen. Und hatte es sogar überlebt. Jetzt saß ich mit einem Dämon in dessen Wohnung und wir plauderten. Das war doch verrückt, es musste ein Traum sein. Ein Albtraum.

»Nein, werden sie nicht. Sie werden dich jagen, bis sie dich gefunden haben«, antwortete Eresz kühl.

»Großartig. Dann kann ich ja auch jetzt gleich rausgehen und mich töten lassen.«

Er seufzte. »Warum bist du überhaupt hier? Auf der Erde meine ich?«

»Ich dachte, es ist dir egal?«

»Ich habe halt meine Meinung geändert«, erwiderte er ungeduldig. »Wir können auch gerne die ganze Zeit hier sitzen und uns anschweigen.«

Meine Miene verfinsterte sich. Allerdings hatte er mich gerettet. Und vielleicht wusste er irgendwas, was mir weiterhelfen könnte. Immerhin gehörten wir zur selben Welt. Irgendwie.

»Kennst du Maria? Eine der Oberen Engel?«, fragte ich zögernd. Etwas zuckte über sein Gesicht, was ich nur als Abscheu deuten konnte.

»Ja«, antwortete er knapp.

»Ich wohne ... wohnte in einem Außenbezirk und einmal im Jahr besucht einer der großen Engel die Außenbezirke. Sie war heute da, und während alle anderen beim Fest waren, habe ich ein Gespräch belauscht. Sie hat sich mit dem Aufseher unseres Bezirkes darüber unterhalten, jemanden fallen lassen zu wollen.«

»Dieser jemand bist du«, folgerte Eresz und ich nickte.

»Sie haben mich entdeckt und die Wachen sind mir gefolgt. Dann bin ich gesprungen. Alles ist besser als ins Gefängnis zu kommen«, fügte ich bitter hinzu und er murmelte etwas Zustimmendes.

»Weißt du, warum sie dich einsperren wollen?«, fragte er nach kurzer Zeit.

»Keine Ahnung. Irgendwas davon, dass ich das Licht verderben würde mit meiner Dunkelheit. Oder so.« Ich zuckte mit den Schultern. Darüber hatte ich noch gar nicht weiter nachgedacht. Nicht, dass ich viel Zeit gehabt hatte.

Eresz beugte sich vor, auf einmal mit einem sehr interessierten Ausdruck im Gesicht. »Deine Augen sind irgendwie falsch«, bemerkte er völlig zusammenhangslos.

Ich schnaubte. »Wie charmant.«

Um seine Mundwinkel zuckte es. »So bin ich. Also, wieso hast du keine hübsch-kitschigen himmelblauen Augen?«

»Weil ich so geboren wurde?«, erwiderte ich und schüttelte genervt den Kopf.

»Das sind Menschenaugen, Engelchen.«

Ich verzog das Gesicht. Menschen. Mochte ich nicht. Ich hatte viel über sie gelernt und sie beobachtet und die meisten waren mir zuwider. Noch so etwas, was mich von den anderen unterschied. Sie wollten diesen Kreaturen helfen, während ich der Meinung war, dass sie jedes Schicksal verdienten, dass sie selbst heraufbeschworen hatten.

»Oder Dämonenaugen, aber das ist ja wohl kaum möglich«, fuhr er fort

Ich schnappte nach Luft. »Niemals!«

»Was wäre denn so schlimm daran? Du scheinst ja auch nicht sonderlich gerne da oben gewesen zu sein.«

»Ein Dämon also?«, wechselte ich das Thema. »Ich wusste nicht, dass ihr euch einfach so auf der Erde herumtreibt.«

Er wandte den Blick ab. »Tun wir auch nicht. Es gibt keine Dämonen mehr. Außer mir«, antwortete er. Die Bitterkeit in seiner Stimme war greifbar. »Aber das weißt du ja.«

Ich hielt in der Bewegung, das Wasserglas zu nehmen, inne. »Nein? Woher sollte ich?«, fragte ich überrumpelt.

Seine Augenbrauen hoben sich abschätzend. »Du verarschst mich.«

»Warum sollte ich? Abgesehen davon, dass du unhöflich bist, hast du mir ja nichts getan.«

»Die Engel haben die Dämonen verbannt. Eingesperrt. Einige konnten entkommen und die wurden aufgespürt und getötet«, erklärte er knapp.

»Wann war das?«, erkundigte ich mich stirnrunzelnd und nicht ganz sicher, ob ich ihm glauben sollte.

»Vor einundzwanzig Jahren. Wie alt bist du noch mal? Ach, selbst wenn, es wundert mich, dass die Engel nicht damit prahlen.«

»Achtzehn«, antwortete ich abwesend. Ich hatte tatsächlich noch nie davon gehört, was merkwürdig war. Die Dämonen verbannt – das klang nach etwas, womit man sich auch nach fünfzig Jahren noch brüstete.

»Ich habe noch nie davon gehört«, gestand ich nach einer Weile. »Woher soll ich wissen, dass du die Wahrheit sagst?«

Eresz lehnte sich mit geschlossenen Augen zurück. »Es ist mir gleich, was du denkst. Nach Sonnenaufgang verschwindest du sowieso. Die Jagd ist nur zwischen Abend- und Morgendämmerung unterwegs«, erwiderte er gleichgültig und sah mich wieder kühl an. Ich wurde nicht schlau aus ihm. In einem Moment war er ganz normal, im nächsten abweisend. Irgendwas versuchte er zu verbergen, da war ich mir sicher.

»Warum?«

»Weißt du gar nichts? Dafür, dass du ein Engel bist, bist du ganz schön dämlich ...«

Ich presste die Lippen fest zusammen und schluckte den bissigen Kommentar runter, der mir bei seinem Ton auf den Lippen lag. Es würde nichts bringen, jetzt auszurasten, aber ...

»Okay es reicht. Schon klar. Du willst mich nicht hier haben und ich werde dich nicht weiter mit meiner schrecklichen Anwesenheit quälen!«, rief ich und stand auf.

»Beruhig dich, Maggie«, sagte Eresz.

So, wie er die Kurzform meines Namens aussprach, klang es wie ein Schimpfwort.

Ein milchiges Licht lenkte mich eine Sekunde von meiner Wut ab und ich sah den Mond eine breite Bahn auf den dunklen Holzboden werfen. Ich hatte den Mond noch nie gesehen. Sein Licht war wunderschön, sanft und unaufdringlich. Wie in Trance ging ich auf das große Fenster zu, ich spürte Eresz Blick auf mir, und streckte die Hand aus. Als meine Fingerspitzen ins Mondlicht tauchten, durchfuhr mich ein rasender Schmerz. Das Letzte, was ich spürte, war, wie ich nach hinten fiel. Großartig.

***

»Maggie! He, Maggie!«, rief jemand und ich wurde sanft an der Schulter gerüttelt.

»Magdalena«, murmelte ich dumpf und stöhnte vor Schmerz. Mein ganzer Körper tat weh. Noch schlimmer als zuvor.

»Magdalena ist ein dämlicher Name.«

Es klang nicht ganz so boshaft, wie ich erwartet hatte und ich schnaubte. »Stimmt auch wieder.«

Langsam wurde ich mir meiner Umgebung bewusst. Ich lag auf etwas weichem, vermutlich das Sofa. Das Weiche bewegte sich und ich schlug die Augen auf.

Eresz Gesicht schwebte über mir. Ich sah ihn zum ersten Mal von

Nahem. Er hatte sehr dunkle Augen, Dämonenaugen, unter denen dunkle Schatten lagen. Sein Gesicht war kantig und ausdrucksstärker, als ich es von männlichen Gesichtern gewohnt war. Engel waren weich und rund.

Ich wandte den Blick ab, dann fuhr ich zusammen. Ich lag mit dem Kopf auf seinem Oberschenkel. Schnell setzte ich mich auf und unterdrückte den aufkommenden Schwindel. Eresz sah mich merkwürdig an.

»Was ist los?«, fragte ich unwirsch.

»Du ... Ähm, das sind keine Menschenaugen«, sagte er nüchtern.

»Wie bitte?«

Er beugte sich vor und nahm eine meiner Haarsträhnen in die Hand.

Jetzt war ich restlos verwirrt. Was zur Hölle tat er da? Er hielt mir die Strähne vors Gesicht und ich erstarrte. Sie war braun. Dunkelbraun.

»Meine Augen, wie sehen meine Augen aus?«, fragte ich mit einem Anflug von Panik in der Stimme.

»Hübsch. Hübsch ... Bernstein? Jep, Bernstein«, antwortete er gelassen, doch auch in seinen Augen stand Unsicherheit.

»Was ... was hat das zu bedeuten?« Ich sah ihn hilflos an.

»Keine Ahnung, so was sollte nicht passieren. Aber es gibt da vielleicht eine Erklärung. Es ist nur eine Theorie«, fügte Eresz hinzu und fuhr sich durch die Haare.

Wir saßen einander vor den großen Fenstern gegenüber und sahen auf einen vom Mondlicht beschienen Innenhof hinaus.

»Verträgst du die Sonne nicht gut?«, erkundigte er sich.

»In letzter Zeit nicht. Ich kriege Kopfschmerzen, wenn es hell ist. Der Mond ist viel schöner«, gab ich zögernd zu und erwartete einen spöttischen Kommentar – aber er kam nicht.

»Es gab immer mal wieder Gerüchte. Über Mischwesen. Halb Engel, halb Dämon. Tagsüber, unter der Sonne, sehen sie aus wie

Engel; und beim ersten Mondschein, obwohl Sterne wahrscheinlich auch gehen – Neumond wäre ja sonst eine echte Enttäuschung – sehen sie aus wie Dämonen.«

»Das ist nicht möglich«, sagte ich. »Engel kommen aus dem Licht. Da kommt nicht einfach so etwas raus.«

Eresz grinste schief. Es war das erste Mal, dass ich ihn grinsen sah und es stand ihm gut. Es sah teuflisch aus.

»Engel können aber Kinder kriegen, auch mit einem Dämon.«

»Sagt Mr Es-gibt-keine-Dämonen-mehr«, höhnte ich.

Er zuckte mit den Schultern. »Es sind ja welche entkommen. Jemanden schwängern dauert nicht lange.«

»Na, du kennst dich ja aus.« Ich verdrehte die Augen.

Wir sahen uns an – und fingen an zu lachen. Ich konnte mich gar nicht mehr dran erinnern, wann ich das letzte Mal so richtig gelacht hatte. Eresz hatte ein tiefes Lachen, dass meine Haut prickeln ließ.

»Komm, wir suchen dir was anderes zum Anziehen«, sagte er schließlich, stand auf und reichte mir die Hand.

Sie war warm gegen meine kalte Haut, und als ich wieder stand, ließ ich sie schnell los. Er führte mich ins Schlafzimmer. Ein übergroßes Bett, ein Kleiderschrank und ein Schreibtisch mit einem neu aussehenden Computer. Ich hatte schon immer einen in echt sehen wollen.

Eresz wühlte tief in seinem Schrank und zog schließlich ein Bündel Kleider hervor, das sich als schwarze Jeans und grünen Pullover entpuppte, dazu Unterwäsche.

»Will ich wissen, warum du Frauenkleider im Schrank hast?«, fragte ich argwöhnisch.

»Nein«, erwiderte er und deutete auf eine zweite Tür. »Da ist das Bad, du kannst auch duschen. Handtücher sind im Schrank.«

Duschen … Meine Augen leuchteten auf und ich schnappte mir die neuen Kleider. Das Bad war groß und dunkel gefliest. Die Dusche war im Boden eingelassen und es gab sogar eine Badewanne. Meine Kleider warf ich in eine Ecke. Das war irgendwie befreiend. Es war, als würde ich mich damit ein Stück weit von dem entfernen können, was mir die letzten Jahre meines Lebens gründlich versaut hatte.

Ich stieg unter die Dusche. Das Wasser war warm und wunderbar auf meiner Haut. Ich legte den Kopf in den Nacken und trotz aller Ereignisse musste ich lächeln.

***

»Eresz?«, fragte ich – in den offensichtlich leeren Raum hinein.

»Küche!«, rief er zurück und ich folgte seiner Stimme.

Die Haare fielen mir feucht und ungewohnt dunkel auf die Schultern. Die Sachen passten gut, beinahe perfekt. Er drehte sich halb zu mir um.

»Passt?«, fragte er

Ich nickte.

»Hunger?«

Nicken.

»Gut, das Essen ist nämlich fertig.«

Wir setzten uns an den Tisch und ich bekam ein Sandwich. Mittlerweile knurrte mein Magen wie verrückt und ich nahm sofort einen Bissen. Es schmeckte gut. Man sollte wohl sagen, es hatte echten Geschmack.

»Im Himmel schmeckt alles nach Nichts«, bemerkte ich kauend und nahm noch einen Bissen.

»Kann ich mir vorstellen.« Er beobachtete belustigt, wie ich das einfache Sandwich genüsslich verspeiste.

»Die Honigkuchen waren in Ordnung«, gab ich zu und ließ langsam das Sandwich sinken. »In welcher Stadt sind wir?«

»Paris, das ist in Frankreich«, antwortete er spöttisch.

»Das weiß ich, danke. Und ja, ich weiß auch, warum ich die Sprache beherrsche«, setzte ich scharf hinzu. Irgendwas in seinem

Gesicht sah merkwürdig aus. Dann verstand ich. »Aber du weißt es nicht«, flüsterte ich und grinste süffisant.

»Das ist nicht wahr«, murmelte er wenig überzeugend.

Ich beugte mich vor und stützte den Kopf in die Hände.

»Soll ich es dir verraten?« Seine Augen wurden dunkler und auch er beugte sich vor. »Spielst du etwa mit mir, Engelchen?«, raunte er und ein Schaudern überlief mich.

»Sehe ich aus wie ein Engel?«

Ein Lächeln verzog seine vollen Lippen, was ich unwillkürlich erwiderte. »Nicht wie die, die ich kenne, aber ...«

»Kennst du viele?«

Seine Augen wanderten über mein Gesicht und blieben an meinen Lippen hängen. Ein Kribbeln durchfuhr meinen Körper. Alles hier war viel aufregender als im Himmel. Selbst wenn ich morgen sterben würde – diesen einen Tag wäre es wert gewesen.

»Es wird spät«, sagte er abrupt. »Iss auf und dann solltest du schlafen gehen.«

Weil ich tatsächlich noch Hunger hatte, aß ich rasch auf und wurde überrascht, als Eresz mir bedeutete in sein Schlafzimmer zu gehen.

»Und was ist mit dir?«, fragte ich misstrauisch. Wenn er auf die Idee kam, mit mir zusammen im Bett zu schlafen ...

Als hätte er meine Gedanken gelesen, grinste er unverschämt. »Ich schlafe lieber tagsüber. Du kannst dir ein T-Shirt aus dem Schrank nehmen.«

»Ja, okay. Danke.« Das Wort ging schwer über meine Lippen, ich sagte es nicht häufig. Aber ihm schuldete ich einen Dank.

»Gute Nacht. Maggie«, sagte er leise, während ich schon die Küche verließ.

»Gute Nacht.«

Im Schlafzimmer angekommen schloss ich die Tür mit einem vernehmlichen Klicken. Geschlossene Türen waren echt eine super Erfindung.

Erst jetzt sah ich den Spiegel in der offenen Kleiderschranktür. Eigentlich sah ich ansonsten nicht viel anders aus, aber dennoch ungewohnt. Das war die erste Jeans, die ich in meinem Leben trug. Meine Haare waren dunkelbraun, auch wenn sie immer noch gleich lang waren. Trotzdem gefiel ich mir so und es schien, als ob meine Gesichtszüge vielleicht mehr wie die von Eresz waren, weniger weich. Vielleicht bildete ich es mir auch nur ein, aber ich sah mehr so aus, wie ich mich fühlte. Weniger brav und irgendwie dunkel. Ich lächelte meinem Spiegelbild zu und zog dann eines der T-Shirts aus dem Schrank.

4. KAPITEL

Eresz

Erst als ich das Schließen der Tür hörte, konnte ich mich entspannen. Das war definitiv zu viel Aufregung für einen Abend gewesen, der eigentlich hätte ruhiger verlaufen sollen.

Ich räumte das Geschirr in die Spülmaschine und lehnte mich mit einem Glas Wodka-Cola an die Theke. Auf das Drama musste ich erstmal was trinken. Maggie war nicht in meiner Rechnung aufgetaucht. Mein Leben sollte nicht durch so jemanden durcheinandergewürfelt werden. Ich hatte mit den Engeln abgeschlossen. Aber sie war ja gar kein Engel. Nein. Sie wurde von der Jagd verfolgt und damit hatte ich nichts zu tun. Ihnen für eine Nacht eins auszuwischen, indem ich ihnen ihre sicher geglaubte Beute unter der Nase »entführte«, war das eine, aber … nein.

Nach kurzem Zögern nahm ich den Wodka und die Cola mit ins Wohnzimmer und setzte mich vor die Playstation. Menschen waren wirklich erfinderisch. Ein paar Stunden *Witcher 3* würden mich ablenken. Hoffte ich.

***

Am Morgen, als sich ein paar Fäden Sonnenlicht aufdringlich hell durch die Jalousien stahlen, riss mich ein leiser Schrei aus meinem Dösen. Das war Maggie.

Ich sprang auf. Schneller, als ich wollte, durchquerte ich den Flur und riss die Schlafzimmertür auf. Ich hielt mir die Hand vor die

Augen und stöhnte. Sie hatte die Jalousien des Fensters neben dem Bett nicht heruntergezogen. Ja, sie hatte vermutlich keine Ahnung.

Nachdem die Sonne mich nicht mehr so blendete, schälten sich Details aus dem Licht und ich sah Maggie zusammengerollt neben dem Bett liegen. Sie gab einen schmerzerfüllten Laut von sich.

Zum Glück hatte ich überall Sonnenbrillen rumliegen, so auch auf meinem Schreibtisch. Ich setzte sie auf und ging zügig auf sie zu, die Sonne brannte leicht auf meinen Armen und meinem Gesicht. Ohne Umschweife hob ich sie hoch, und kam nicht umhin zu bemerken, dass sie nur mit einem meiner T-Shirts und Unterwäsche bekleidet war, und drehte mich rasch von den Fenstern weg. Ich brachte sie in den Flur, wo kein einziges Fenster und auch kein Licht war.

»Sch, entspann dich. Das ist die Sonne, du wirst wieder zum Engel. Es tut weh, aber es geht vorbei«, beruhigte ich sie. Zumindest hoffte ich das. Ich wüsste nicht, was ich tun sollte, wenn sie hier und jetzt schmolz.

Langsam verließ die Spannung ihre schmalen Schultern und wie Farbe lief das silbrige Blond von oben durch ihre Haare.

Als sie die Augen öffnete waren sie wieder dunkelbraun. Sie atmete zittrig ein und auf einmal spürte ich, wie nah sie mir war. Sie blinzelte und schien es auch zu bemerken, denn sie rückte von mir ab. Was auch gut war, denn es war frühmorgens und ihre Brüste zeichneten sich unter dem weißen Shirt ab, ihre Beine waren nackt und für so eine kleine Person erstaunlich lang. Schnell wandte ich meinen Blick auf ihr Gesicht.

»Wird das immer so schwer sein?«, fragte sie mit belegter Stimme und räusperte sich. Sie setzte sich aufrecht hin, wischte sich die Unsicherheit aus dem Gesicht und ihr Blick wurde härter.

»Ich denke nicht. Du wirst dich daran gewöhnen. Ich denke, es war einfach zu viel Sonne. Probiere es beim nächsten Mal mit einem einzigen Strahl und nicht sofort mit Flutlicht«, erwiderte ich.

Sie presste die Lippen zu einem schmalen Strich zusammen. »Wenn ich den nächsten Sonnenaufgang überlebe, meinst du.«

Ihre Stimme war betont gleichgültig und ich konnte ihrem Blick nicht standhalten. Wer war sie nur, dass sie mir so unter die Haut kroch, dass ich mich beinahe schlecht fühlte?

»Ja. Stimmt.«

Nein. Sie würde nicht bleiben, sie würde nicht in meinem Leben bleiben. Ich hatte nichts mehr damit zu tun. Sie würde sich anziehen und gehen und dann würde ich sie vergessen. In zwölf Stunden war sie vermutlich tot, wie es alle paar Monate auch mit anderen Engeln geschah, die gefallen waren. Dass sie ein halber Dämon war, würde an meinem Entschluss nichts ändern. Halb Engel war immer noch eine Hälfte zu viel.

»Gib mir fünf Minuten und ich bin weg«, verkündete sie, stand auf und ging zurück in mein Schlafzimmer.

Ich blieb noch für einige Sekunden auf dem Boden sitzen und dann erhob ich mich. Sie hatte recht, nach fünf Minuten kam sie in die Küche. Ihre Miene war für mich schwer zu deuten, aber Angst konnte ich nicht erkennen. Aber auch keinen Vorwurf, weil ich sie wegschickte. Mein Gewissen protestierte wieder lautstark, aber es wurde von dem aufflammenden Schmerz unterdrückt. Ich konnte Engeln wie ihr nicht helfen, das hatte ich damals festgestellt.

»Ich kann die Kleider doch behalten?«, fragte sie.

»Hm? Ja, natürlich. Draußen stehen auch noch ein paar Schuhe. Die kannst du auch haben. Und hier, Geld. Damit solltest du dir was zu essen kaufen können.« Ich drückte ihr ein paar Scheine in die Hand, die sie kritisch musterte und dann in die Hosentasche steckte.

»Na dann. Leb wohl, Eresz«, sagte sie und wich meinem Blick aus.

»Ja. Mach's gut, Maggie.«

***

Es dauerte viel zu lange, bis ich einschlafen konnte und auch dann schlief ich unruhig. Am Nachmittag gab ich es auf und stand auf. Durch die zugezogenen Fenster drang nur noch das schwache Tageslicht, die Sonne war bereits um das Haus herumgewandert. Nach all den Jahren war es mir zur Gewohnheit geworden, die Jalousien zuzuziehen, sobald der Morgen graute, sodass ich ohne Probleme in die Küche gehen und mir was zu essen machen konnte. An diesem Nachmittag war ich aber nicht zu mehr in der Lage, als mir etwas aufzuwärmen.

Lustlos stocherte ich in den Resten von Nudeln mit Tomatensoße herum. Worüber machte ich mir Gedanken? Es war noch nicht Abend. Noch stand die Sonne am Himmel. Und in dieser verrückten, großen, lauten Stadt lief ein Mädchen herum, das keine Ahnung hatte, wie das Leben auf der Erde funktionierte.

Maggie war zwar selbstbewusster als Johanna, aber sie gehörte nicht hierher. Wahrscheinlich war sie schon beinahe von mehreren Autos überfahren worden oder hatte sich mit einem halben Dutzend Leuten angelegt. Oder die Leute, mit denen sie sich angelegt hatte, hatten sie überfahren.

Ich kippte den Rest meines Essens in den Müll und ging ins Bad, um zu duschen. In einer Ecke lag das Bündel weißer Kleider und ich fuhr mir genervt durch die Haare. Das war echt zum Haare raufen. Statt es wegzuwerfen, was vernünftig wäre, ignorierte ich es für den Moment und stieg unter die Dusche.

Als ich einige Minuten später den Wasserhahn zudrehte und mir eines der Handtücher um die Hüfte schlang, schwebten Dampfschwaden durchs Bad. Damit hatte ich eine wunderbare Gelegenheit, das Kleiderbündel zu ignorieren. Ich wischte mit dem Unterarm über den beschlagenen Spiegel, zum Danke zeigte es mir mein anklagendes Gegenbild. Ich schnaubte.

»Leck mich doch«, knurrte ich.

Na toll, jetzt war es so weit. Ich führte Selbstgespräche. Dabei wusste ich ganz genau, was dem nagenden Gefühl in meiner

Magengegend Abhilfe schaffen würde. Als ich Maggie heute Morgen aus dem Zimmer herausgetragen hatte, war sie Johanna viel ähnlicher gewesen. Sie würde mich hassen, wenn sie wüsste, was ich getan hatte. Dass ich jemanden, der ihr auf verrückte Art und Weise ähnlich war, einfach im Stich ließ. Außerdem würde sie mich fragen, was mein Problem sei. Ich hatte mich doch immer beschwert, dass ich weit und breit der einzige Dämon war. Maggie war … Teil meines Volkes.

Ich zuckte zusammen. Ich ließ gerade einen der wenigen verbliebenen Dämonen sterben.

Was zur Hölle war falsch mit mir?!?

5. KAPITEL

Magdalena

Bei Tageslicht sah die Gegend ganz anders aus. Heller, farbenfroher und nicht mehr so einsam. Viel einladender. Ich verstand nicht, was an Wolkenhäusern so toll war. Die waren immer gleich, immer flach, immer weiß. Was die Menschen bauten, sah eindeutig aufregender aus.

Ich folgte einigen eilig laufenden Menschen und landete vor einer Métro-Station. Dort starrte ich erstmal auf die Karte und versuchte zu entschlüsseln, wie ich am besten in einen etwas belebteren Stadtteil kam. Ich hatte von Paris schon einiges in meiner Freizeit im Himmel gelesen und wollte die Stadt sehen. Immerhin hatte ich nur einen Tag, wenn ich Eresz Glauben schenkte, und wollte Croissants und Macarons und Petits Fours probieren. Schließlich war ich mir sicher, einen richtigen Weg gefunden zu haben und kaufte ein Ticket.

U-Bahn fahren war eine Geschichte für sich, wie ich schnell feststellte. Es war noch sehr früh und der Berufsverkehr war noch unterwegs. Menschen, die auf ihrem Handy herumtippten, ein paar lasen Zeitung oder ein Buch, manche telefonierten, andere sahen so aus, als schliefen sie mit ihrem Kaffee in der Hand ein und einige starrten trübsinnig ins Leere. Die brauchten alle definitiv ein paar Engel, die ihr Leben verbesserten. Ein Jammer, dass ich nicht mehr zu Verfügung stand, ich hätte ihnen ja so gerne geholfen. Nicht.

Manchmal war ich doch froh, dass ich in einem der äußeren

Bezirke gelandet war und nicht im Zentrum, wo die Kanäle verliefen. Diejenigen Engel, die sich »gut« machten, wurden zu kleinen Reisen auf die Erde geschickt. Keine Ahnung, wonach die Menschen ausgewählt wurden. Angeblich wurde den Menschen geholfen, die gut und gerecht waren – na ja, wahrscheinlich war ein gut gefülltes Konto ein Ausgleich für einen miesen Charakter. Wenn ich daran dachte, wie scheinheilig manche der Engel waren, würde es mich nicht wundern, dass sie korrupter waren als gedacht.

Ich landete schließlich in der Nähe des Centre Georges-Pompidou. In den Straßen waren so viele Cafés und Bars, dass ich mich kaum entscheiden konnte, wohin ich gehen sollte. Schließlich wählte ich eines der nächstgelegenen und setzte mich an einen leeren Tisch unter dem Sonnendach. Auch wenn die Klamotten hübsch waren, wurde es unter dem dicken Stoff ziemlich warm und ich war froh, im Schatten sitzen zu können. Nicht, dass ich das laut zugeben würde, aber eines der weißen Kleider wäre hier angenehmer gewesen. Aber bei dem Gedanken an den mir so verhassten, weißen Stoff musste ich automatisch an Maria denken.

Ihre Worte kamen mir in den Sinn. Sie hatte gesagt, dass ich das Licht verderben würde … Wusste sie, dass ich ein halber Dämon war? Eigentlich war ich mir nicht sicher gewesen, ob es wirklich möglich war. Aber nach dem heutigen Morgen blieb kaum eine andere Möglichkeit, außer ich war über Nacht zum Vampir mutiert. Na ja. Immerhin fing ich nicht an zu glitzern.

Wahrscheinlich wusste sie es. Sie musste es wissen, denn ich konnte ja nicht aus dem Licht gekommen sein. Engel ploppten nicht einfach irgendwie irgendwo urplötzlich auf, sondern entstanden an der Quelle. Aber anscheinend war es ein Geheimnis, wie hatten sie es dann geheim halten können? Bei den ganzen Fragen schwirrte mir der Kopf. Und es gab niemanden, der sie würde beantworten können. Nicht vor meinem Tod und an ein Leben nach dem Tod glaubte ich nicht.

Wie war mein Leben nur so durcheinandergeraten?

Vor 24 Stunden war ich auf der Feier gewesen. Vor 24 Stunden hatte ich mich mit Samuel unterhalten. Er hatte nach meinen Kopfschmerzen gefragt, denn auch wenn er ein naiver Trottel war, war er immer aufmerksam und lieb gewesen. Ich fragte mich, ob er sich wunderte, wohin ich verschwunden war. Vermutlich würde er sich Sorgen machen, aber er würde davon ausgehen, dass alles mit rechten Dingen zuging. Dass die Oberen nur Gutes bewirkten.

Ich schnaubte, was mir einen verwunderten Blick eines Mannes einfing, der an einem Kaffee schlürfte. In dem Moment kam ein Kellner und fragte nach meiner Bestellung.

»Ein Croissant und eine heiße Schokolade«, bestellte ich abwesend.

Kurz darauf bekam ich meine Bestellung. Das Croissant war noch warm und die Butter zerfloss ein wenig auf dem Gebäck. Auf der heißen Schokolade war Sahne, obwohl ich keine bestellt hatte. Der Kellner zog einen Mundwinkel im Anflug eines Lächelns nach oben.

»Sahne hilft gegen schlechte Tage«, sagte er und ich starrte ihn einen Moment überrascht an.

»Ich werd's mir merken«, erwiderte ich überrumpelt und er schenkte mir ein letztes Lächeln, bevor er zum nächsten Tisch ging.

Das Essen war genauso lecker, wie ich es mir vorgestellt hatte. Ich verbrachte ungefähr eine Stunde in dem Café und trank noch eine heiße Schokolade, während ich dem Treiben der Menschen zusah. Viele von ihnen waren Touristen. Es war merkwürdig, den Wechsel zwischen den Sprachen zu bemerken, aber trotzdem jedes einzelne Wort zu verstehen. Je länger ich zuhörte, desto besser konnte ich sie unterscheiden. Fetzen von Deutsch, Englisch, Italienisch, Japanisch, Chinesisch und Französisch flogen mir um die Ohren, bis sich alles zu einer einzigen Kakophonie vermischte. Entnervt zahlte ich schließlich und schlenderte durch die Straßen. Vielleicht fand ich ja einige Kleider, Eresz hatte mir ja Geld mitgegeben. Woher er das wohl hatte? Egal. Nicht meine Sache. Besser, ich gab alles aus. Tot konnte ich nichts mehr damit anfangen.

Ein kleiner Laden lenkte meine Aufmerksamkeit mit bunten Kleiderständern auf sich. Er sah alt aus und schien keiner großen Modekette anzugehören. Eine kleine Glocke kündigte mein Eintreten an und eine junge Frau kam aus dem Lager hinaus. Sie lächelte mich strahlend an, was ich zögernd erwiderte.

»Kann ich dir behilflich sein?«, fragte sie.

»Äh ... ja. Ich glaube schon. Ich bräuchte etwas Passenderes für den Sommer als das hier.« Ich sah an mir herunter.

Sie schmunzelte. »Da finden wir schon etwas.«

Nach einer langen Ankleideprobe entschied ich mich für ein luftiges blaues Kleid, das knapp über den Knien endete, und für eine Sonnenbrille. Außerdem ließ ich mir eine Jeansjacke aufschwatzen, falls es abends kalt wurde. Mein Abend würde nicht lang werden, aber das sagte ich ihr nicht.

Einen Moment fragte ich mich, was Eresz zu dem Outfit sagen würde und packte diesen Gedanken rasch mit den alten Kleidern in einen Beutel.

Als ich den Laden verlassen wollte, fiel mir noch etwas ein. »Ich bin nur für einen Tag hier. Was darf ich in Paris nicht verpassen?«, fragte ich die Verkäuferin.

Sie überlegte einen Moment, ehe sie antwortete. »Eine Fahrt über die Seine, Karten werden überall am Ufer verkauft. Den Sonnenuntergang auf den Treppen zu Montmartre. Die Macarons eine Straße weiter«, zählte sie auf und zwinkerte mir zu. »Ein ganzes Leben reicht nicht aus, um Paris zu erkunden.«

Ich stellte rasch fest, dass sie recht hatte. Es war schon Mittag und im Hintergrund meinte ich, eine Uhr ticken zu hören. Ich holte mir Macarons aus dem hübschen kleinen Laden, den mir die Verkäuferin empfohlen hatte – die mussten als Mittagsessen reichen –

und kaufte mir am Seine-Ufer ein Ticket für eine Fahrt. Die Sonne brannte auf das obere Deck, aber es ging ein leichter Wind und mein Engel-Ich kam zum Glück ein bisschen besser mit der Sonne klar. Anders als mein dämonisches Selbst heute Morgen. Dennoch setzte ich mir die Sonnenbrille auf, wodurch ich mich gleich besser fühlte.

Durch das offenstehende Dach drang vom unteren Abteil des Schiffes eine leise Stimme herauf. Sie berichtete von den Sehenswürdigkeiten, die man auf dem Weg sah. Wir fuhren unter einem halben Dutzend Brücken durch. Zum Teil waren die mit Statuen, kleinen Verschnörkelungen und in den Stein gehauenen Mustern verziert. Beeindruckend, zu was die Menschen doch fähig waren.

Ein paar Plätze neben mir saß eine indische Familie mit vier kleinen Töchtern. Sie winkten den Leuten auf den Brücken und am Ufer zu und es gab kaum jemanden, der nicht zurückwinkte. Herzergreifend. Was nicht ganz so herzergreifend war, war das Rumgekreische der Kinder, sobald wir unter einer Brücke durchfuhren und es dunkler wurde. Aber auch die Fahrt endete und die Sonne war ein gutes Stück weitergewandert.

Ich aß die restlichen zwei Macarons. Dann musste ich mich aber auch schon schnell auf den Weg machen, um noch pünktlich zum Sonnenuntergang in Montmartre zu sein. Ich schaffte es gerade so, nachdem ich zuerst fast in die falsche Métro gestiegen war. Hier und da war auch ein Künstler, von denen einige Pärchen zeichneten und andere kitschige Bilder vom Eifelturm verkauften. Bei einem Wagen kaufte ich mir einen Crêpe. Damit war das Geld auch fast aufgebraucht.

Ich suchte mir einen Platz auf den Treppenstufen, die schon voller Touristen waren. Die Stufen waren abgetreten und alter Schmutz war eins mit dem Stein geworden, sodass ich mich lieber auf meine Jacke setze. Wäre ja schade um das hübsche Kleid.

Mit einer Faszination, die mir ansonsten sehr peinlich gewesen wäre – aber hey, es waren meine letzten Stunden – beobachtete ich den Sonnenuntergang. Es war wunderschön. Die gelbe blendende Sonne wurde zu einem orangenen Ball aus Feuer und sank immer weiter auf die dunkle Linie des Horizonts. Sie tauchte die Welt in ein weiches Licht und beleuchtete die Wolken um sie herum glühend rot. Kitschig. Aber schön.

Wie langweilig war dagegen der Himmel? Man hatte dort einen schwachen Abglanz von Tag und Nacht gehabt. Mal war es hell, mal ein bisschen weniger hell. Alles war weiß und hellblau. Rein und sauber. Nichts im Vergleich zu hier. Hier waren so viele Farben auf einmal!

Die Farben des Himmels, unterschiedlichste Töne von Rot und Orange, ergossen sich über die Menschen, die ebenfalls nicht unterschiedlicher hätten sein können; sie hatten jede vorstellbare Haar- und Hautfarbe und trugen Kleidung, von der man als Engel im Himmel nur träumen konnte. Es war überwältigend.

Nachdem die letzten Strahlen der Sonne verschwunden waren, erhob ich mich langsam und ging zur Métro zurück. Ich fuhr in einen der Außenbezirke, und als ich den Schacht verließ, schwand die Dämmerung und blasse Sterne tauchten am Himmel auf. Bevor der Mond sich jedoch zeigen konnte, zischten Wolken über den Himmel und der mir schon bekannte Donner folgte kurz darauf.

Einen Moment überlegte ich, einfach stehen zu bleiben und mein Schicksal brav abzuwarten. Den ganzen Tag über war es mir egal gewesen, was mit mir passieren würde, aber jetzt, mit dem Donnern im Ohr und einem wachsenden Gefühl der Bedrohung, regte sich etwas in mir. Mein Trotz. Und mein Stolz.

Verdammt noch mal, nein. Kampflos würde ich mich denen nicht ergeben. Wozu war ich denn aus dem Himmel gesprungen, wenn nicht, um zu kämpfen?

Als die Blitze dichter wurden, rannte ich los, wie mit Eresz am vorigen Tage im Zickzack durch die Gassen. Ich meinte in dem Donnern ein frustriertes Schreien zu hören und grinste. Wenn ich die Oberen noch ein bisschen ärgern konnte, war es das Seitenstechen wert.

Natürlich konnte ich nicht ewig wegrennen. Es war nur eine Frage der Zeit gewesen, bis meine Kondition versagte und ich immer langsamer ging. Außerdem schien mir das Glück nicht hold zu sein, denn ich verirrte mich immer öfter in Sackgassen.

Sie schienen auch bemerkt zu haben, dass ich am Ende war, und kreisten mich ein. Solange sich nicht der Boden unter mir auftat, hatte ich keine Chance zu verschwinden. Bewaffnet war ich auch nicht. Ich war auf einer Kreuzung und aus jeder Straße näherte sich ein Blitz. Ich war so was von erledigt.

Aus den Blitzen schälten sich Gestalten, sieben Engel. Natürlich. Was auch sonst. Mehr Klischee ging echt nicht. Ich kannte keinen einzigen von ihnen, deren Mienen hart und unnahbar waren.

»Magdalena, du bist angeklagt ...«

»Können wir uns das sparen? Bitte?«, unterbrach ich den Engel und übte mich an meinem liebsten Lächeln.

»Das dauert schon zu lange, wir hätten sie gestern schon erwischen sollen. Erledigen wir es einfach«, murmelte ein anderer.

»Seht ihr? Er sieht das genauso.« Ich strahlte in die Runde. Keine Chance, dass ich ihnen zeigen würde, was ich wirklich fühlte. Obwohl sich in meinem Magen ein größer werdendes Gefühl der Panik breit machte, aber das mussten sie ja nicht wissen.

Der Engel, ein Mann, der als Erster gesprochen hatte, kam auf mich zu und auf seinem Gesicht breitete sich ein Lächeln aus, was mir gar nicht gefiel. »Es wird nicht wehtun.«

»Wer's glaubt, wird ...« Ein Schmerz, wie ich ihn noch nie erlebt hatte, ließ mich aufschreien.

Er hatte die Hand auf mich gerichtet und saugte unter höllischen Qualen das Leben aus mir heraus. Die Welt um mich herum zerbarst in Schmerz und ich schrie und schrie und schrie ...

Am Rande merkte ich, dass ich zusammenbrach. Mein Körper rettete sich in die Dunkelheit der Bewusstlosigkeit.

Irgendwann kehrte jedoch ein Teil der Welt zurück in die Schwärze. War ich tot? Ich hoffte nicht, denn das würde bedeuten, dass es ein Leben nach dem Tod gab und dazu noch ein verdammt schmerzhaftes. Jeder einzelne Knochen tat mir weh, ich fühlte mich, als wäre ich kaum mehr da.

Träge öffnete ich die Augen und drehte den Kopf, denn ich hatte ein schrilles Kreischen gehört. Was ich sah, ließ mir den Atem stocken. Ein paar Meter vor mir stand eine Gestalt mit schwarzen Flügeln.

»Gib uns das Mädchen!«, rief jemand.

»Nur über meine Leiche«, knurrte die Gestalt vor mir und ein Teil meines immer noch schlafenden Bewusstseins erkannte sie.

Es war Eresz. Was danach geschah, war wie verschwommen und ich konnte nicht unterscheiden, was Traum und was Wirklichkeit war. Die schwarz geflügelte Gestalt sprang ins ach so heilige schützende Licht und riss dem ersten Engel den Kopf von den Schultern. Einfach so. Trennte den Kopf sauber vom Rumpf. Schreien. Fauchen. Ratschen. Reißen.

Meine Augen wurden schwer, ich schloss die Lider, während der Kampf um mich tobte. Irgendwann verebbten diese Geräusche und ich hörte Schritte auf mich zukommen.

»Maggie?«, fragte Eresz mit rauer Stimme und ich stieß ein Wimmern aus. Immerhin kam überhaupt ein Ton aus meiner Kehle.

»Gut, du lebst noch. Wäre auch echt schade um die ganzen Morde gewesen, wenn du schon tot wärst. Bleib wach, in Ordnung?«

Ich versuchte zu nicken, aber das brachte mir nur weitere Schmerzen.

»Wir sind am anderen Ende der Stadt. Hast du was dagegen zu fliegen?«

Ich wurde hochgehoben und an einen warmen Körper gedrückt

und auf einmal stieg ich in die Höhe. Die Flügel waren anscheinend Wirklichkeit.

Eresz hatte mich heil zu ihm nach Hause gebracht, aber von dem Flug hatte ich kaum etwas mitbekommen. Da waren Sterne über mir und Lichter unter mir und Schmerzen in meinem Körper. Irgendwann war ich wohl dem Mondlicht ausgesetzt gewesen, denn meine braunen Haare wehten dramatisch im Wind.

Ehrlich, es klang romantischer, als es war. Ich konnte mich tatsächlich nicht wirklich an den Flug erinnern.

Wir waren beide froh, als wir in seiner Wohnung ankamen. Draußen vor der Türe landete er und stolperte ein paar Schritte. Sein Atem ging schwer, aber er machte keine Anstalten mich abzusetzen. Ich hätte auch nicht sicher gewusst, ob ich laufen konnte.

Erst langsam kehrte ein Gefühl in meinen Körper zurück, das nicht Schmerz war. In der Wohnung angekommen, legte er mich aufs Bett und ließ sich erschöpft neben mich fallen. Ich wollte etwas sagen, er anscheinend auch, doch meine Augenlider wurden immer schwerer und ehe ich mich versah, war ich eingeschlafen.

***

Der Morgen kam sanfter als der vorige, denn diesmal wurde ich nicht von brennenden Schmerzen geweckt, sondern davon, dass ich einfach genug geschlafen hatte. Außerdem von einem schweren Gewicht auf meinem Bauch, das sich als ein Arm herausstellte. Eresz' Arm. Mein Kopf lag an seiner Schulter.

Auch wenn ein Teil von mir die Wärme genoss, wusste ich nicht, was ich mit dieser Art von Nähe anfangen sollte und schob ihn vorsichtig von mir weg.

Von der Bewegung wurde er wach und schaute mich blinzelnd an.

»Vertreibst du mich aus *meinem* Bett? Nachdem ich dich letzte Nacht heldenhaft gerettet habe?«, fragte er widerlich munter.

Ich zog mir die Decke über den Kopf und stöhnte. »Keine Ahnung, ob das heldenhaft war, vielleicht hast du sie auch einfach nur mit deiner Nervigkeit in die Flucht geschlagen ...«

Er lachte. »Kein Danke?«

»Nur, wenn wir die Rettungsmission nächstes Mal starten, bevor die Höllenqualen einsetzen, Deal?«

Es wurde still und ich lugte vorsichtig unter der Decke hervor. Eresz sah an die Decke und presste den Mund fest zusammen. War das Schuldbewusstsein?

»Danke«, sagte ich leise.

»Tut mir leid«, erwiderte Eresz und drehte sich zu mir um. Ich lächelte schief.

»Frühstück?«, fragte er und sah entspannter aus.

»Gerne. Ich gehe noch einmal vorher ins Bad.«

»Mach das. Ich lege dir neue Anziehsachen raus. Das Kleid ist in der Wäsche. Die Bastarde haben es dreckig gemacht.«

Ich biss mir auf die Unterlippe. »Kommen sie wieder?«

Er setzte sich ebenfalls auf und sah mich nachdenklich an. »Sie nicht. Aber andere. Man kann sie nicht besiegen, man kann nur abtauchen und hoffen, dass sie die Spur verlieren.«

»Haben sie dich je gejagt?«

»Nein. Für Dämonen war eine andere Einheit zuständig, aber ich kenne ... kannte einen Engel, der gejagt wurde«, gab er zu, die Worte kamen ihm nur stockend über die Lippen. Etwas in seiner Stimme ließ mich schaudern.

»Was ist mit ihr passiert?«, fragte ich leise.

Er wandte den Blick ab. »Sie haben sie gefunden. Und ja, es sind ihre Kleider. Die, die sie gekauft hat, nicht die, die sie getragen hat. Keine Sorge«, erklärte er rasch und stand auf.

Das Gespräch war beendet und ich beließ es dabei. Eresz ging in die Küche und ich ins Bad und nach fünfzehn Minuten trafen wir uns wieder. Jeans und Rüschentop. Immerhin etwas sommerlicher.

»Sind das Pancakes?«, rief ich mit großen Augen.

Eresz starrte mich an und grinste. »Es muss wirklich schön sein, auf einmal so viele neue Sachen probieren zu können«, bemerkte er.

»Ja. Sehr. Damit aufzuwachsen hat aber auch was. Das da oben lohnt sich nicht.«

Er reichte mir Ahornsirup.

»Was machen wir jetzt? Ich kann ja nicht ewig in der Wohnung bleiben«, bemerkte ich düster.

»Du könntest das Land verlassen. Alle paar Tage. Wohnung und Stadt wechseln.«

»Klingt ja fabelhaft. Wenn ich gewusst hätte, dass das so endet, hätte ich mich vielleicht doch besser einsperren lassen.« Ich spießte brutal ein Stück Pancake auf.

»Ich war noch nicht fertig. Es gibt uralte Schriften. Manche von ihnen sind Prophezeiungen, manche sind nur Aufzeichnungen von Geschehnissen. Ich bin mir sicher, dass in einer der Schriften etwas über die Jagd steht. Ich habe es erst ... danach herausgefunden und es hat Monate gedauert, bis ich wusste, wo genau die Schriften gelagert sind. Wenn wir Glück haben, steht dort, wie man die Jagd endgültig besiegen kann«, fügte er ernst hinzu und ich schaute ihn mit neu gewonnenem Interesse an.

Ein Plan war besser als keiner.

6. KAPITEL

Eresz

»Das Problem ist, sie wissen jetzt, dass noch ein Dämon übrig ist. Einer von ihnen konnte entkommen«, erklärte ich, während wir auf dem Sofa saßen.

»Du schwächelst«, spottete Maggie und sah mich grinsend an.

»Kommt nicht wieder vor, Engelchen.« Ich nahm eine meiner fein säuberlich zusammengetragenen Akten von dem Stapel Papier, der zwischen uns lag, und reichte sie ihr. »Sprichst du mit deiner super Engelfähigkeit auch italienisch oder soll ich übersetzen?«

Sie betrachtete sie mit hochgezogenen Augenbrauen. »Der Vatikan? O nein, nicht nur der Vatikan, auch noch die geheimen, streng abgeriegelten Archive des Vatikans!«

»Da kommen wir schon rein. Glaub mir«, sagte ich mit mehr Überzeugung, als ich tatsächlich verspürte.

Es war schon eine ganze Weile her, dass ich meine Fähigkeiten dafür eingesetzt hatte, mich irgendwo einzuschleichen. Die Frage war nur, ob ich es auch mit Maggie auf dem Rücken konnte. Es sei denn, sie würde es bis dahin schaffen, ihre Dämonen-Kraft zusammenzukratzen, aber ... hatte sie überhaupt welche? Na ja. Das würden wir vermutlich erst frühestens heute Abend herausfinden.

Apropos Abend. Ich gab uns circa drei Nächte Ruhe, bis die Jagd wiederkam, also wenigstens eine kurze Atempause.

»Okay. Also auf nach Italien«, sagte sie skeptisch.

»Ich buche Flugtickets und heute Abend besorgen wir dir einen Pass. Ich kenne da ein paar Leute.«

Ihre Augenbrauen wanderten noch ein Stückchen in die Höhe, aber sie widersprach nicht. Im Gegenteil, ein aufgeregter Ausdruck trat in ihr Gesicht. Sie war echt ein bisschen irre.

»In Ordnung. Ohne den Pass und die Flugtickets können wir nichts weiter unternehmen. Also ... warum guckst du meine Playstation so an?«

Ertappt fuhr sie zusammen. »Ich habe darüber gelesen ... über Spiele«, murmelte sie beinahe verlegen und – wurde sie etwa rot? Wie niedlich.

»Menschen haben so viele Möglichkeiten, sich den ganzen Tag zu unterhalten. Wenn man im Himmel mit der Arbeit fertig ist, gibt es nichts mehr zu tun. Aufwachen, essen, arbeiten, essen, schlafen gehen.«

Ich lehnte mich an ihr vorbei, hörte, wie sie den Atem anhielt, als ich ihr näher kam, und angelte nach der Fernbedienung, die auf dem Beistelltisch lag.

»Mach sie an und hol dir einen Controller. Ich zeige dir jetzt das beste Spiel seit Jahren«, versprach ich und sie lächelte. Eines der wenigen, ehrlichen, natürlichen Lächeln, die ich an ihr gesehen hatte.

Am Anfang tat sich Maggie mit der Steuerung etwas schwer, aber nach zwei Stunden erledigte sie die Missionen ganz alleine. Ihr dabei zuzusehen, wie sehr sie sich darüber freute, machte mir fast genauso viel Spaß wie selbst spielen. Immer wieder musste ich sie aus den Augenwinken beobachten, weil mich die Art, wie sich so viele Emotionen auf ihrem Gesicht spiegelten, faszinierte. Wir waren uns ähnlich. Wir versteckten beide unsere Gefühle hinter einer Maske, aber in ihrer Gegenwart fiel es mir leicht, sie abzulegen. Meine Instinkte jubelten bei der Aussicht, einen weiteren Dämon gefunden zu haben. Jemand, der auch halb und halb war und so wie ich zu keiner Welt gehörte.

Durch die fast geschlossenen Jalousien sah ich, dass es dämmerte.

»Genug gespielt für heute, sonst wirst du besser als ich. Ich habe nichts mehr zu essen da, lass uns rausgehen und danach gehen wir zu meinen Freunden.«

Schmollend gab Maggie mir den Controller. »Na gut. Ich will Burger essen«, forderte sie entschieden und sah mich unter ihren langen Wimpern an.

Dieses Mädchen machte mich echt noch wahnsinnig. »Einverstanden«, seufzte ich.

Eine Stunde später saßen wir in einem kleinen Bistro und ich beobachtete mit wachsendem Erstaunen, wie Maggie den riesigen Burger mit extra Käse und die große Portion Pommes verschlang.

»Beeindruckend«, stellte ich fest. »Wo steckst du das alles hin? Deine Ohrläppchen?«

Sie verschluckte sich fast an einer Pommes, als sie lachen musste. »Wie bitte?«

»Meine Mutter hat das immer zu meiner Halbschwester gesagt, wenn sie gejammert hat, dass sie zugenommen hätte. Wo denn, an den Ohrläppchen?« Ich imitierte den Tonfall meiner Mutter.

»Du hast eine Familie?« Maggies Augen wurden größer.

Eine fremde Sehnsucht sprach aus ihrer Stimme und ich warf ihr einen flüchtigen Blick zu. »Ja. Aber sie wohnen nicht hier, sie halten sich versteckt, seit mein, äh … innerer Dämon ausgebrochen ist. Sie schreiben mir Briefe, aber ich kann ihnen nicht antworten. Guck nicht so, das haben wir zusammen entschieden. Sie sind Menschen, es ist sicherer für sie und irgendwann kommt vielleicht die Zeit, in der ich zu ihnen zurückkehren kann.«

Es versetzte mir keinen so großen Stich mehr wie noch vor ein paar Jahren. Mit fünfzehn war ich gegangen, denn das Risiko, dass wir von Engeln oder deren Anhängern erkannt wurden, war zu groß geworden. Soweit ich wusste, lebten meine Mutter und meine

Schwester in Amerika, einmal im Monat versicherten sie mir, dass sie lebten und es ihnen soweit gut ginge. Sie vermissten mich jedoch genauso sehr, wie ich sie, aber ich konnte nicht zulassen, dass ihnen etwas zustieß.

Maggies hin- und hergerissener Gesichtsausdruck brachte mich zum Grinsen. »Ich sagte doch, guck nicht so. Iss lieber deinen Burger, sonst bestelle ich nur mir einen Milchshake und du darfst mir beim Trinken zugucken.«

***

Paris' Straßen waren auch des Nachts sehr belebt, der Sommerabend war lau und die Menschen, Touristen und Einheimischen ausgelassen. In dem Viertel, durch das wir im Moment schlenderten, reihten sich Bars und Nachtclubs und Restaurants aneinander. Ich hatte schon in vielen Städten gewohnt, London, München, Granada ... Aber Paris hatte seinen ganz eigenen Charme. Es vereinte das Alte, was viele Touristen als so romantisch empfanden, mit neuen Bauten und überall konnte man die Spuren der vielen Künstler sehen, die sich in der Stadt über die Jahrhunderte ausgetobt hatten.

»Es gibt so viele Menschen«, stellte Maggie fest.

»Mehrere Milliarden, ja.«

»Kein Wunder, dass sie sich auf die Füße treten und wegen ein bisschen Öl einen Krieg anfangen«, schnaubte sie abfällig.

Die anderen Dämonen hätten Maggie geliebt; Menschen waren nicht die beliebteste Rasse des Planeten in der Dämonenwelt, laut meiner Mutter.

»Da steckt doch noch mehr dahinter, als nur ein bisschen Öl«, gab ich zu Bedenken. »Und ich weiß nicht, ob Engel und Dämonen sich in ihrem Machthunger so von ihnen unterscheiden.« Ich war auch kein großer Menschen-Fan, aber irgendwann arrangierte man sich mit ihnen und es gab immer Ausnahmen.

»Wahrscheinlich nicht. Also, wo sind deine Freunde?«

»Bist du schon bereit, in die Parallelgesellschaft Paris' einzutauchen?«, raunte ich mit düsterer Stimme.

Sie verdrehte die Augen. »Ja, du Dramaqueen.«

»Queen.« Ich schaute an mir herunter. »Als ich das letzte Mal nachgesehen habe, war ich definitiv männlich. Du kannst dich auch selbst überzeugen.«

Sie sprang nahezu einen Schritt zur Seite und sah mich empört an. »Nein, danke!«

Das anzügliche Grinsen immer noch im Gesicht führte ich sie aus dem belebten Teil der Straßen in eine Seitengasse, wo wir die ersten Mondstrahlen abwarteten. Als diese sie trafen, zuckte sie zusammen und versteifte sich, während ihre Haare wieder dunkel wurden. Sie atmete erleichtert auf, als der kurze Schmerz vorbei war. Von da aus führte ich sie durch immer engere und dunklere Gassen. Aus geschlossenen Türen drangen leise Stimmen, gedämpftes Licht sickerte durch kleine Tür- und Fensterspalten. Vor einem komplett dunklen Haus blieben wir stehen.

Maggie sah mich abwartend an. Ich ging die ausgetretenen Stufen zur Tür hinunter und klopfte in einem regelmäßigen Rhythmus gegen die Holztür. Sie öffnete sich und Adrien schaute misstrauisch aus der Tür hinaus. Als er Maggie sah, legte sich ein Anflug von Überraschung und dann Argwohn auf sein Gesicht.

»Können wir reinkommen? Sie gehört zu mir«, erklärte ich beruhigend.

»Adrien, wer ist da?«, fragte jemand von drinnen.

Adelais war auch da. Na klasse.

»Eresz ... mit Begleitung.«

»Lass sie rein! Herrgott, wozu hat man einen Bruder, wenn man alles selber machen muss?«

Mit einem letzten misstrauischen Blick in Maggies Richtung ließ Adrien uns herein.

»Die Zwillinge des Bösen, immer noch vereint, wie schön«, spottete ich.

Dafür, dass sie zweieiige Zwillinge waren, sahen sie sich ziemlich ähnlich. Beide hatten helle Haare und spitze Gesichtszüge, die eher zu irgendwelchen Adeligen des 18. Jahrhunderts gepasst hätten als zu Kriminellen.

»Wie behandelst du deine Feinde, wenn das deine Freunde sind?«, fragte Maggie leise und ich warf ihr einen bedeutungsvollen Blick zu.

»Wir sind deine Freunde?«, flötete Adelais.

Sie und ihr Bruder hatten das »Unternehmen« ihres Vaters geerbt, als er von einem Nebenbuhler vor sechs Jahren ermordet worden war. Ich war damals neu nach Paris gekommen und war mehr durch Zufall und ein paar geflüsterte Tipps auf die Zwillinge gestoßen. Seitdem hatte ich schon mehrmals Geschäfte mit ihnen gemacht.

»Ja. Und ihr müsst etwas für mich tun«, sagte ich knapp und sie setzte ihre Geschäftsmiene auf – die in Abscheu umschlug, als sie Maggie ansah.

Sie war zu hübsch, ganz eindeutig. Adelais konnte Konkurrenz, egal welcher Art, nicht ausstehen. Und das zeigte sie auch mehr als deutlich.

»Und wer ist das?«, fragte Adelais deswegen herausfordernd und Maggie verengte bei dem feindseligen Tonfall die Augen.

»Lass es«, erwiderte ich warnend und starrte Adelais finster an. Ich hatte mal gesehen, wie sie einer anderen Frau fast die Augen ausgekratzt hatte und das wollte ich gerne vermeiden. Und Adelais verstand klare Worte am besten. Nicht, weil sie dumm war – sondern weil sie es so sehr gewohnt war, dass die Leute taten, was sie wollte, ihr gefallen wollten, dass alles andere fast undenkbar für sie war. Das half ihr, sich in einer Umgebung durchzusetzen, die für Frauen und Schwache keine Verwendung hatte.

»Na schön. Was braucht ihr? Einen Pass?«, schnappte sie und setzte sich an den Schreibtisch.

Adrien beobachtete die Szene wie ein stiller Wächter und warf mir bei jeder Gelegenheit einen wütenden Blick zu. Er hatte die fixe Idee im Kopf, ich würde was von seiner Schwester wollen und war deswegen dauermisstrauisch. Ich musste mir dringend bessere »Freunde« suchen.

»Ja, für sie«, erklärte ich und hoffte, das ganze so schnell wie möglich über die Bühne bringen zu können.

»Hast du das Geld dabei? Du weißt, wir arbeiten nur mit Barzahlung.«

Ich klopfte auf meine versteckte Jackentasche auf Brusthöhe, wo ich die Geldscheine aufbewahrt hatte. »Seit wann zweifelst du an mir?«

Adelais verzog die stark geschminkten Lippen zu einem schmalen Lächeln. Urgh, wenn man die küsste, hatte man das Zeug nachher sicher überall kleben. Besser, ich dachte nicht weiter darüber nach.

»Adrien, mach ein Bild von ihr. Ich bereite den Rest vor und Eresz kann mir Gesellschaft leisten«, schnurrte sie und ich musste einen Würgereflex unterdrücken.

Adrien deutete auf einen Vorhang, hinter dem sich ein kleiner Raum befand. Maggie warf mir einen fragenden Blick zu, ich nickte unauffällig.

»Also, wo hast du sie aufgetrieben?«, fragte Adelais, nachdem die beiden verschwunden waren. Hinter dem Vorhang waren Adriens gemurmelte Anweisungen zu hören.

»Ich bin über sie gestolpert, kann man so sagen«, antwortete ich vage.

»Böse, böse. Hat deine Mommy dir nicht beigebracht, dass man nicht einfach fremde Mädchen aufsammelt?«

»Adelais!«, warnte ich.

»Schon gut, schon gut. Dann machen wir uns an die Arbeit, es ist dringend, nehme ich an?«

»Ja, sehr.«

***

Am Ende der Nacht war der Ausweis fertig und Maggie hielt ihn skeptisch in den Händen. Es war aber wirklich eine gute Fälschung, Adelais wusste, was sie tat.

Ich überreichte Adelais den Umschlag mit Geld, dessen Inhalt sie rasch abzählte, und dann nickte sie zufrieden.

»Ihr werdet also außer Landes sein die nächsten Tage?«, fragte sie wie nebenbei.

»Ja, aber ich werde dir nicht sagen wo«, antwortete ich und lächelte unschuldig. Neugierig war sie nämlich auch und hasste es, nicht zu wissen, was vor sich ging.

Sie bestrafte mich mit ihrem Blick. »Nun gut. Lass dich nicht umbringen und schau mal wieder regelmäßig vorbei, wir haben dich vermisst.«

Adriens Gesicht sagte genau das Gegenteil, also machte ich nur eine vage Handbewegung. Schnell verabschiedeten wir uns. Erst als wir ein Stück vom Haus entfernt waren, platzte es aus Maggie heraus: »Okay, was war das?«

»Was davon?« Ich seufzte.

»Steht sie auf dich? Adelais meine ich«, fügte sie unnötigerweise hinzu und sah mich grinsend an.

»Ja.« Ich seufzte wieder. »Unglücklicherweise.«

»Und Adrien ist davon nicht begeistert.«

»Nein, er ist nicht mein allergrößter Fan«, gab ich zu.

»Kann ich gar nicht verstehen. Du bist doch so liebreizend.«

Statt darauf einzugehen entschied ich mich für etwas Friedvolleres: »Lust auf einen frühen ... oder späten Snack?«

In der Nähe war ein kleines Café und es war zum Glück schon

früh genug, um dort frühstücken zu können. Wie zu erwarten stimmte Maggie enthusiastisch zu. Was Essen anging, war sie echt immer zu begeistern.

»So, beim letzten Essen war ich dran, jetzt du. Was hattest du da oben so für Freunde?«, fragte ich, nachdem wir ein ausreichendes Frühstück bestellt hatten.

Maggie schlürfte an ihrer heißen Schokolade und runzelte die Stirn. »Ich hatte nicht viele Freunde. Nur einen eigentlich. Samuel. Er war zumindest der Einzige, der nett zu mir war. Wir haben im selben Haus gewohnt. Er ist ein bisschen, sagen wir, treudoof, aber immerhin hat er mit mir geredet. Die meisten anderen mochten mich nicht sonderlich.«

»Lass mich raten, du warst einfach immer so freundlich und zuvorkommend, dass sie das abschreckend fanden«, spottete ich.

Sie grinste. »Klar. Sieht man doch.« Während sie noch einen Schluck von ihrer heißen Schokolade nahm, wurde ihr Gesichtsausdruck nachdenklich. »Am Anfang habe ich echt versucht, nett zu sein. Das fiel mir immer schon schwer, weil ich schnell wütend werde, ...«

»Aber?« Ihre Ehrlichkeit überraschte mich und ich hatte das Bedürfnis, mehr herauszufinden. Über sie, über ihr Leben, wie sie so geworden war.

»Sie haben mich so oder so immer ausgeschlossen. Von sich aus hat eigentlich nie jemand freundlich mit mir geredet und irgendwann hatte ich dann auch keine Lust mehr«, antwortete sie und zuckte mit den Schultern, aber ich konnte die Anspannung ihres Körpers sehen. So gleichgültig, wie sie tat, war sie nicht.

»Dann haben sie was verpasst«, sagte ich und stellte befriedigt fest, dass sie ein wenig lächelte.

***

Eigentlich hatte ich noch vorgehabt, die Flugtickets zu bestellen, aber als wir in meiner Wohnung ankamen, waren wir beide so müde, dass ich nur eben die Jalousien ganz herunterzog. Maggie war vom Flur aus direkt ins Bett getaumelt und ich hatte sie schlafen lassen. Die Sonne ging langsam auf und dann legte ich mich aufs Sofa.

Ich wachte auch als Erster auf. Ich hatte das Bedürfnis nach einer ausgiebigen Dusche und musste so leider ihren kostbaren Schönheitsschlaf stören.

Als ich das Zimmer betrat, stellte ich fest, dass sie den nicht nötig hatte. Sie hatte sich während des Schlafens halb aus der Decke gewickelt und trug wieder das T-Shirt, das sie sich schon am ersten Abend geliehen hatte. Es gab nicht viele, die es schafften, während des Schlafens nicht wie ein zerknautschtes Kopfkissen auszusehen – sie gehörte zu den wenigen. Eines ihrer sehr langen und sehr nackten Beine lag über der Decke, ihr Gesicht war so entspannt, wie ich es bis jetzt nicht von ihr kannte. Sie schien etwas gehört zu haben, denn sie öffnete blinzelnd die Augen und sah mich einen Moment verwirrt an.

»Hör auf mich anzustarren«, murmelte sie dann verschlafen und streckte sich.

»Dir auch einen guten Morgen«, erwiderte ich und zerrte mir eine Hose und ein T-Shirt aus dem Schrank.

Maggie zog sich grummelnd die Decke über den Kopf. Schade. Ade, schöner Anblick.

»Ich gehe duschen, willst du mitkommen?«

Sie griff neben sich und bewarf mich mit einem schlecht gezielten Kissen.

»Das heißt wohl nein. Ein Jammer.«

7. KAPITEL

Magdalena

Ich tauchte erst wieder unter der Decke auf, als ich hörte, wie im Bad das Wasser angestellt wurde. Ich wurde echt nicht schlau aus Eresz. Mal war er abweisend und kalt, mal ... so. Freundlich und zu Scherzen aufgelegt. War das typisch Dämon? Oder typisch Kerl? Gab's vielleicht auch noch Unterschiede zwischen Dämonen und Menschen? Hm, vielleicht wäre das ja mal eine gute Forschungsidee: Das Verhalten der Spezies »Mann« über humanoide Rassen hinweg. Vorausgesetzt ich landete nicht im Gefängnis. Oder wurde umgebracht.

Fünf Minuten später kam Eresz aus dem Bad, komplett angezogen. Nicht, dass mich sein nackter muskulöser Oberkörper in irgendeiner Form abgelenkt hätte. Nein. Mich doch nicht.

Ich huschte schnell an ihm vorbei ins Bad, denn dass ich nur ein T-Shirt trug, war mir in diesem Moment peinlich bewusst. Ich sah auch nicht zurück, ob Eresz mich beobachtete, aber ich hatte das Gefühl, als würden sich seine Augen in meinen Rücken brennen.

Ich betrachtete mich einen Moment im Spiegel. Die Augenringe waren nicht mehr so dunkel wie noch am allerersten Abend. War das nur meiner Dämonenseite geschuldet oder auch der Tatsache, dass ich aus dem Himmel weg war? Ich konnte mir nicht vorstellen, dass eine so direkte Nähe zum Licht, auch wenn ich viele, viele Bezirke von der Quelle entfernt war, für einen Dämonen gesund war.

Denn wenn meine Anwesenheit eine Auswirkung auf das Licht hatte, welche hatte dann das Licht auf mich gehabt? Ich hatte auch schon festgestellt, dass ich kaum mehr Kopfschmerzen und Übelkeit verspürte, ich hatte sogar richtigen Appetit entwickelt und die Sonne war auch nicht so schlimm, wie ich gedacht hatte – wenn ich einmal die schmerzhafte Umwandlung überstanden hatte.

Trotzdem, als ich jetzt aus dem Fenster sah, stellte ich fest, dass mir Mond und Sterne besser gefielen. Vielleicht war das auch der Grund, warum ich mich im Himmel nie wirklich wohl gefühlt hatte. Meine Dämonenseite war wohl ausgeprägter und Eresz zeigte mehr als deutlich, dass er sich nachts wohler fühlte.

Ich fragte mich wirklich, wer meine Eltern waren und ob sie noch lebten. Jetzt, da ich wusste, dass ich tatsächlich welche hatte. Wie war ich bei den Engeln gelandet, wenn ich doch Eltern hatte? Sie mussten ja gewusst haben, dass sie mich nicht freundlich aufnehmen würden. Also ... waren sie tot oder hatten es aus anderen Gründen nicht verhindern können? Ich lauschte in mich hinein, um herauszufinden, was ich dabei empfand. Jemanden zu vermissen, von dem man bis vor einem Tag nichts gewusst hatte und den man vermutlich nie kennenlernen würde, erschien mir seltsam.

Ich schüttelte heftig den Kopf, um mich von meinen Gedanken abzulenken und stieg unter die Dusche. Ich lieh mir wieder etwas Shampoo und Duschgel und ertappte mich dabei, wie ich den vertrauten Duft tief einsog. Wir kannten uns nicht wirklich lange und auch nicht wirklich gut, aber auf eine merkwürdige Art und Weise waren wir uns doch nahe. Vielleicht, weil wir uns auf eine Art verstanden, wie es Menschen und Engel nie würden tun können.

Ich kostete das warme Wasser für eine ganze halbe Stunde aus, ehe ich den Strahl abstellte und mich abtrocknete. Dann zog ich die Kleider von gestern an, so viel Auswahl hatte ich ja nicht. Mein kurzer Shopping-Trip am ersten Tag schrie nach einer Wiederholung, auch wenn ich mir nicht vorstellen konnte, in eines dieser überlaufenen Einkaufszentren zu gehen, an denen ich gestern vorbeigelaufen war. Menschenmassen strömten gesichtslos rein und raus, mit Tüten beladen und Handys am Ohr. Hektische Betriebsamkeit, unhöfliches Rumgemeckere ... Nein. Ein kleiner Laden in einer Seitenstraße war mir lieber. Oder Online-Shopping. Davon hatte ich gehört und es bot einem die Möglichkeit, rund um die Uhr von überall auf der Welt Klamotten zu bestellen. Ein wahrer Traum! Kein Rausgehen mehr, kein Reden mit Menschen mehr.

Als ich die Küche betrat, deutete Eresz wortlos auf eine Schale, eine Packung Müsli und Milch, nur um sich dann wieder mit gerunzelter Stirn einer Zeitung zuzuwenden.

»Was steht drin?«, fragte ich nach den ersten Löffeln Schokomüsli.

»Nichts Besonderes. Ich hab nur das Gefühl, als würde es immer mehr und mehr Erdbeben und andere Naturkatastrophen geben.«

»Klimawandel?«, fragte ich.

»Wahrscheinlich«, erwiderte er, aber er klang nicht überzeugt. »Ich habe übrigens zwei Flugtickets gebucht, unser Flug geht morgen Abend.«

»Gut. Ich muss morgen noch einmal neue Kleidung kaufen.«

Er sah zu mir hinüber. »Stimmt. In Italien wird es auch vermutlich wärmer. Wir gehen morgen Vormittag los und dann nachmittags schon mal zum Flughafen.«

»Ja, oh Großmeister.« Ich verdrehte die Augen. »Schläfst du eigentlich immer tagsüber?«

»Im Sommer zumindest. Im Gegensatz zu dir vertrage ich die Sonne nicht gut.«

»Aber du bist doch auch ein halber Mensch«, gab ich zu Bedenken.

»Das stimmt, aber ... du weißt doch, dass Engel Lichtgestalten sind, oder? Heißt, sie sind tagsüber stärker. Bei Dämonen ist das andersherum und Menschen sind immer auf dem gleichen Level, wobei Menschen auch Präferenzen haben. Bevor ich wusste, dass ich ein Dämon war, war ich immer mehr der Nachttyp. Vielleicht lag es auch schon an meinen Genen, keine Ahnung. Seit ich dreizehn bin, ist es aber noch stärker geworden.«

»Als du dreizehn warst, ist dein Dämonenerbe aufgetreten?«, versicherte ich mich.

»Genau.«

»Wie als bist du eigentlich?«

»Zwanzig«, antwortete er und wandte sich wieder seiner Zeitung zu. Damit war das Gespräch beendet.

Ich wusste gar nicht, warum ich mich so für sein Leben interessierte. Normalerweise war ich nicht so sehr an anderen interessiert. Ja, ich war wirklich so egozentrisch. Kein Witz.

Nachdem er eine Weile lang schweigend die Zeitung gelesen hatte, legte er sie beiseite und stand auf. »Ich muss noch einmal weg. Du bleibst am besten hier. Ich bin zwar überzeugt, dass sie noch keine neue Jagd aussenden konnten, aber sicher ist sicher«, fügte er hinzu.

Ich ließ meinen Löffel in die Schüssel fallen. »Und was soll ich bitte die ganze Nacht alleine machen?«

»Du kannst Witcher spielen. Oder an meinen Computer gehen. Aber wehe, du machst was kaputt. Oder lies ein Buch, das würde dir bestimmt nicht schaden.«

»Was soll das denn bitte heißen?«, ich verschränkte die Arme vor der Brust.

Er warf mir einen Blick zu, den ich gar nicht anders als von oben herab deuten konnte, was sofort dazu führte, dass sich Unwillen in mir regte. »Engelchen, du wirst den Rest deines Lebens, wie lang das auch sein mag, auf der Erde verbringen. Du solltest dich an Menschen gewöhnen und um eine andere Kultur kennen zu lernen, hat lesen noch nie geschadet.«

Theoretisch mochte er recht haben, aber sein Tonfall machte

mich fuchsteufelswild. Er tat ja gerade so, als hätte ich von nichts eine Ahnung und behandelte mich wieder so, als wären alle unsere Unterhaltungen gestern nicht passiert. Als wäre ich wieder nur das dumme Engelchen. »Nenn mich nicht Engelchen.«

»Ich nenne dich wie ich will, *Engelchen*«, gab er bissig zurück und ich presste die Lippen aufeinander. Ganz offensichtlich hatte er gerade seine schlechten fünf Minuten.

»Na dann, lass dich nicht aufhalten«, giftete ich und ging ins Wohnzimmer, wo ich mich heftig aufs Sofa warf.

Kurze Zeit später hörte ich die Tür zufallen. Was bitte war das denn gewesen?

Eresz kam sehr lange nicht wieder. Erst spielte ich einige Zeit Witcher, aber irgendwie fehlten mir seine Kommentare – sowohl die schadenfrohen, die ich ihm natürlich mit gleicher Münze heimzahlte, als auch die hilfreichen, wenn ich nicht weiterkam. Den Computer rührte ich besser gar nicht an.

Stattdessen betrachtete ich eine geschlagene halbe Stunde das Bücherregal, das Bücher aus allen möglichen Genres beinhaltete. Am häufigsten vertreten war aber Fantasy. Das hatte wahrscheinlich am wenigsten mit Menschen zu tun.

Ich griff wahllos nach dem ersten Band einer seeeehr langen Reihe. *A song of ice and fire.* Ich drehte das Buch um und las den Klappentext. Da der Inhalt sehr interessant klang, bemerkte ich zuerst gar nicht, dass er auf Englisch geschrieben war. Einen Moment fragte ich mich, was eigentlich Eresz' Muttersprache war. Hm ... das würde ich noch herausfinden. Ich setzte mich aufs Sofa und zog mir die Decke heran. Dann schlug ich die erste Seite auf und begann zu lesen.

Ein Geräusch riss mich Stunden später aus meiner Lektüre und ich schreckte auf. Blinzelnd sah ich auf die Uhr. Was?! Ich hatte die ganze Nacht gelesen?

Das Geräusch war das Öffnen der Wohnungstür gewesen und

keine zwei Sekunden später stolperte Eresz hinein. Er sah bleich aus, wirkte unsicher auf den Beinen und ... war das Blut auf seinem T-Shirt?

Ich legte das Buch hastig zur Seite und sprang auf.

»Keine Sorge, ist nicht mein Blut«, sagte er betont lässig, als hätte er meine Gedanken gelesen.

»Wie beruhigend. Was ist passiert?« Nein, das war keine Besorgnis in meiner Stimme.

»Gleich. Ich zieh mir besser was anderes an.«

Mit den Worten wankte er mehr als dass er lief zurück in den Flur und vermutlich ins Badezimmer. Ich blieb genau eine Minute verwirrt sitzen, dann stand ich auf und folgte ihm.

Die Tür zum Badezimmer stand auf, und als ich hereinlugte, fühlte ich mich in dieser Annahme noch einmal bestätigt. Er stand mit von blauen Flecken übersätem Oberkörper vor dem Spiegel und versuchte seine Wunden zu reinigen. Das sah schlimm aus. Viel Blut, Schnitte und Schürfwunden.

Wirklich Erfahrung mit Wunden hatte ich nicht, aber ich stieß die Tür ganz auf und schnappte ihm das nasse Tuch aus der Hand.

»Das ist ja ein Trauerspiel, lass mich das machen«, murmelte ich.

Er protestierte nicht einmal. Ganz schlechtes Zeichen. So vorsichtig wie möglich reinigte ich eine Wunde nach der anderen von getrocknetem Blut und Dreck. Keine schien sehr tief zu sein, was immerhin schon mal ein Anfang war. Er zuckte nicht mit der Wimper, obwohl manche der Schürfwunden wohl ziemlich wehtaten.

»Im Schrank sind Salbe und Verband«, erklärte er schicksalsergeben, aber seine Stimme klang wieder kräftiger. Ein Glück. Wenn er mir umgekippt wäre, hätte ich echt nicht gewusst, was ich tun sollte.

Ich half ihm also noch seinen Oberkörper zu verbinden und versuchte nicht darauf zu achten, wie weich und doch fest sich seine Haut unter meinen Fingerspitzen anfühlte. Dann ließ er sich in seinem Zimmer schwer seufzend langsam aufs Bett sinken. Ich setzte mich auf die Kante.

»Also, was ist passiert? Du meintest doch, die Jagd ist noch nicht wieder unterwegs«, fragte ich beunruhigt.

»Ist sie auch nicht, keine Sorge.« Er seufzte wieder. »Aber ich habe dir doch gesagt, sie wissen jetzt, dass noch ein Dämon überlebt hat. Die Engel haben einige Stützpunkte auf der Erde, und die sind immer mit ›Dienern‹ besetzt. Agenten. Spione. Meist menschlich. Wie auch immer. Einer hat mich aufgespürt. Ich wollte aus genau dem Grund in die Stadt, um mich mal umzuhören. Na ja. Er hat mich gefunden, wir haben gekämpft, ich habe gewonnen. Ende der Geschichte«, fasste er rasch zusammen und beantwortete somit ein paar Fragen, die mir ansonsten auf der Zunge gelegen hätten. Aber nur ein paar.

»Warum wolltest du dich überhaupt umhören? Was, wenn dir jemand gefolgt ist? Und dafür, dass du gewonnen hast, siehst du ganz schön lädiert aus«, fügte ich skeptisch hinzu.

»Wie süß, machst du dir Sorgen um mich?«, witzelte er.

Immerhin hatte er wieder bessere Laune als am frühen Abend.

»Ganz sicher nicht!«

»Es ist besser zu wissen, ob man Feinde hat – und nein, mir ist niemand gefolgt – und nur weil er ein Mensch ist und ich ein Dämon, heißt das nicht, dass er nicht kämpfen kann. Er hat mich überrumpelt«, ließ er sich doch dazu hinreißen, meine Fragen zu beantworten.

»Aha, ... wenn du das sagst«, murmelte ich und er warf mir einen finsteren Blick zu. Ohne jede Schärfe allerdings.

»Du hast meinen Rat befolgt und gelesen?«, wechselte er das Thema und drehte sich ein wenig mehr in meine Richtung, nicht ohne das Gesicht zu verziehen. Wie schön, der Herr konnte also doch noch Schmerzen empfinden. Seine Mir-geht es-super-Haltung hatte mich schon daran zweifeln lassen.

»Ja, es war ... gut. Sehr spannend. *A song of ice and fire*«, antwortete ich und seine Augen leuchteten auf.

»Eine meiner Lieblingsreihen«, gab er zu und fing dann an zu grinsen. »Ist auch als Serie verfilmt worden.«

Ich musste das Grinsen erwidern.

»Was du nicht sagst. Bist du zufälligerweise im Besitz dieser ominösen Serie?«

»In der Tat, das bin ich.«

Am Mittag wachten wir auf. Nebeneinander. Dicht. Das kam mir ja vor wie ein Déjà-vu. Ich rückte schnell von Eresz ab, der dadurch aufwachte und mich blinzelnd ansah.

»Guten Morgen, Engelchen«, begrüßte er mich und ich setzte mich auf.

»Wie geht's deinen Verletzungen? Sie tun dem Herrn doch wohl nicht weh?!«

Er streckte sich testweise und schnitt eine Grimasse. »Doch, aber es geht. Außerdem jucken sie, was wohl heißt, dass sie verheilen.«

Das war gut. Wir konnten es vor unserer Italien-Aktion nicht gebrauchen, dass er sich wegen seiner Verletzungen nicht richtig bewegen konnte. Ich machte mir selbstverständlich keine Sorgen um ihn, sondern nur um mein Wohlergehen und das Gelingen unserer Mission.

»Also, shoppen?«, fragte ich und lächelte mein schönstes Lächeln, während Eresz das Gesicht verzog.

Er seufzte. »Einverstanden.«

Wir frühstückten unterwegs. Es war elendig voll auf den Straßen, aber zu Eresz' großer Erleichterung war die Sonne hinter einer dichten Wolkenbank verschwunden. Trotzdem sah ich ihn immer wieder die Stirn runzeln und blinzeln, weil ihm das helle Licht in den Augen stach. Ich erbarmte mich also und kapitulierte. Auf ins Einkaufszentrum.

Immerhin fanden wir dort schnell, was ich brauchte. Zwei kurze

Hosen, eine weitere Jeans, ein Kleid, zwei T-Shirts, ein Top und eine Jacke. Außerdem Unterwäsche, aber hier tat Eresz mir immerhin den Gefallen woanders hinzugehen, damit ich meine Ruhe hatte.

Wir zahlten und gingen zurück in seine Wohnung. Wir mussten ja noch packen und dann auch langsam Richtung Flughafen aufbrechen. Ich fühlte ein nervöses Flattern im Magen. Fliegen, mit einem Flugzeug. Man sollte meinen, ich hatte in den letzten Tagen schon weitaus Schlimmeres erlebt, aber diese riesigen Maschinen, in die so viele Menschen sinnloserweise ihr Vertrauen setzten, wenn es doch nur eines winzigen Fehlers bedurfte, um sie abstürzen zu lassen, waren mir nicht geheuer. Andererseits freute ich mich aber auch darauf. Keine Ahnung, weshalb sich mein Gefühlsleben nicht entscheiden konnte. Falls es die Erdenhormone waren, war das bestimmt chronisch. Das wäre ja grässlich.

Unsere Sachen passten in einen Koffer und Eresz lieh mir zudem noch einen Rucksack für mein Handgepäck. Da kam zwar nicht viel rein, außer die Jacke und zwei Bücher, aber man konnte ja nie wissen.

»Bevor wir zum Vatikan gehen, müssen wir noch in eines der Dämonen-Lager. Ich kann keine Waffen mit ins Flugzeug nehmen«, erklärte er und klang ehrlich entrüstet.

Ich schnaubte. »Glaubst du denn, dass wir dort kämpfen müssen?«

»Ich, Engelchen. Und ja, ich gehe davon aus. Weißt du irgendetwas über den Vatikan?«, er sah mich mit seinem strengen Ich-weiß-alles-besser-Blick an und ich schüttelte verdrießlich den Kopf.

»Engel und Dämonen haben mehrere große Zentren auf der Erde. Dort sind fast nur Eingeweihte. Es gibt keine Möglichkeit, die jeweils andere Rasse aus diesen Zentren auszusperren, außer durch rohe Gewalt. Außerdem ist die ... die ganze Aura ... Na ja, du wirst es ja merken. Versuch einfach nicht darauf zu hören, was deine Instinkte von dir verlangen. Was vermutlich wegrennen sein wird, also tu das nicht.«

»Sind da auch viele Engel?«

»Keine Ahnung, ich gehe davon aus. Einer eurer größten Kanäle führt dort auf die Erde, da stolpert bestimmt am laufenden Band jemand raus. Aber wir gehen nachts, da dürfte der Verkehr etwas weniger sein.«

Na, immerhin etwas ...

Er sah meinem Gesichtsausdruck wohl an, dass ich nicht unbedingt überzeugt war und berührte mich kurz an der Schulter. »Wir schaffen das, keine Sorge.«

»Hoffentlich. Und hoffentlich finden wir etwas Brauchbares.«

***

Anderthalb Stunden später waren wir am Flughafen zum Check-In. Ich hielt unwillkürlich die Luft an, als der Beamte am Schalter meinen Ausweis kontrollierte, doch ihm schien nichts aufzufallen und wir konnten unser Gepäck abgeben.

Danach gingen wir direkt in den Gate-Bereich. Zu meiner großen Belustigung piepte es bei Eresz, als er durch das Durchleuchter-Dings ging und er wurde noch einmal abgetastet. Schien aber nur ein Fehler im System zu sein, denn sie fanden nichts. Meine Erheiterung schien ihn zu beleidigen, wenn die Dolche, die aus seinen Augen in meine Richtung schossen, irgendeine Indikation waren.

Im Duty-free-Bereich aßen wir noch eine Kleinigkeit und ich stöberte beeindruckt durch die vielen Läden. Es gab hier sogar Designer-Handtaschen und teuren Schmuck, edles Parfum und andere Luxusartikel. Außerdem kitschige Mitbringsel und alles ja angeblich so viel billiger als in der »echten« Welt. So kam mir das hier vor wie ein geheimes Regierungsprojekt. Eine eigene Einkaufsmeile nur für Auserwählte.

Ich musste jedoch gestehen, dass auch ich mich von dem Zauber gefangen nehmen ließ und mich nachher gewaltsam von Eresz von einer funkelnden Kette mit grünen Steinen wegziehen lassen musste.

»Aber sie hat auf mich gewartet, siehst du das nicht?«, jammerte ich.

Er lachte. »Komm schon, du Verrückte. Lass uns zum Gate gehen, da hinten gibt es nur noch einen kleinen Kiosk.«

Den ganzen Weg über schmollte ich. Er kaufte uns schließlich beiden einen Schokoriegel, was mich ein klein wenig besänftigte.

»Meinst du, wir schaffen es, Eis essen zu gehen?«, fragte ich, während wir darauf warteten, ins Flugzeug gehen zu können.

»Meinst du, nachdem wir in den Vatikan eingebrochen und von einer Horde wütender Engel verfolgt worden sind?«, erwiderte er mit gesenkter Stimme.

Ich verdrehte die Augen. »Haha. Du bist ja so witzig.«

»Ja, wahrscheinlich schaffen wir das. Wir machen heute Nacht sowieso nichts mehr, wir müssen uns erst noch ein Hotel suchen und morgen am Tag geht das bestimmt irgendwie«, sagte er dann jedoch und zwinkerte mir zu.

Immerhin. Ich grinste zufrieden.

Eine halbe Stunde später konnten wir dann ins Flugzeug. Wir hatten sogar einen Fensterplatz, den Eresz mir überließ. Nervös wippte ich mit den Füßen und sah aus dem Fenster. Dann rollte das Flugzeug los und ich verknotete meine Finger ineinander. Wenn Eresz etwas von meiner Nervosität mitbekam, so kommentierte er es zumindest nicht. Manchmal war er ja doch ganz nett.

Auf der Rollbahn angekommen erklärte eine Stewardess, wie man sich im Notfall zu verhalten hatte, aber ich hörte kaum zu. Wenn das Flugzeug abstürzte, würde mir eh nicht genug Zeit bleiben, auch noch irgendeine Weste anzulegen. Und wozu künstliche Luft einatmen, wenn man fünf Minuten später sowieso am Boden zermatscht wurde?

Die Motoren starteten, das Flugzeug rollte immer schneller und schneller und schneller ... Und ich wurde in meinen Sitz gedrückt, als es steil abhob. Unwillkürlich klammerte ich mich an den Armstützen fest, während die Welt unter dem Fenster immer kleiner wurde. Bald durchbrachen wir die ersten tiefliegenden Wolkendecken und man konnte die Landschaft nur noch vage zwischen den weißen Fetzen erkennen.

Der Anblick löste ein seltsames Gefühl in mir aus. Sie sahen so dünn und schwach aus. Nicht so, als ob sie ein ganzes Volk tragen könnten. Oder auch nur ein Lebewesen. Aber natürlich war mir klar, dass die Wolken im Himmel anders waren. Und kein Flugzeug der Welt, egal wie hoch es war, würde jemals dieses versteckte Reich erreichen. Ich wusste nicht, woran das lag.

Der Flug verlief zum Glück ohne Turbulenzen, ich war auch so schon nervös genug. Eresz war ungewöhnlich still und saß die meiste Zeit nur da, ohne einen Ton zu sagen oder sich großartig zu bewegen. Er las nicht, hörte keine Musik. Vielleicht döste er mit offenen Augen vor sich hin.

Ich sah die meiste Zeit aus dem Fenster, aber zwischendurch las ich auch. Allerdings war so ein Flugzeug echt unbequem und ich legte das Buch bald beiseite.

Irgendwann kündigte der Pilot die baldige Landung an, man möge sich bitte anschnallen und nicht mehr herumlaufen. Die Landung gefiel mir deutlich weniger als der Start. Das Kribbeln im Bauch, das man bekam, wenn der Magen nach unten sackte und man in den Sitz gedrückt wurde, fehlte. Dafür bekam ich einen fürchterlichen Druck auf den Ohren und sah wohl so schmerzerfüllt aus, dass sogar Eresz mir einen mitleidvollen Blick zuwarf.

»Schlucken, gähnen – oder Kaugummi kauen hilft.« Er reichte mir einen silberverpackten Streifen.

Während ich kaute, knackte es ein paar Mal unangenehm in meinen Ohren, aber der Druck ließ ein wenig nach. Der Schmerz ging nicht ganz weg, aber es wurde erträglich.

»Vor Städten gehen die meisten Flugzeuge sehr steil runter, da ist der Druck schlimmer.«

Ich nickte nur – und zuckte zusammen, als das Flugzeug federnd aufsetzte. Es war wohl keine harte Landung, aber angenehm war es auch nicht.

Das Aussteigen aus dem Flugzeug dauerte ewig und es wurde sehr stickig. Erst machten sie die Türen nicht auf, dann standen die Leute in den Gängen rum, weil sie noch ihr Gepäck aus den Ablagen holen mussten. Unglücklicherweise hatten wir auch Plätze direkt in der Mitte, sodass wir sehr, sehr lange warten mussten.

Dann konnten wir das Flugzeug endlich verlassen und in die warme Sommernacht treten. Sterne funkelten mit dem Mond um die Wette, ein warmer Wind ging. Es war, trotz der Flughafenatmosphäre, wunderschön.

»Ich mag Italien sehr«, flüsterte Eresz hinter mir, während wir den Menschen in das Flughafengebäude folgten.

»Kommst du von hier?«

»Nein. Ich bin in Deutschland geboren worden, aber meine Mutter ist Halbitalienerin. Wir hatten ein Ferienhaus in der Toskana.«

»Du sprichst drei Sprachen?« Ich war durchaus beeindruckt.

Er grinste selbstgefällig.

»Vier Sprachen«, korrigierte er. »Deutsch, Italienisch, Französisch und Englisch.«

»Beeindruckend. Soll ich aufzählen, was ich alles sprechen kann?«

»Angeberin.«

»Sagt der, der mich mit Literatur erziehen will.«

Mittlerweile waren wir im Flughafen angekommen und gingen zur Kofferausgabe. Unser Koffer war wundersamerweise einer der Ersten und wir konnten den Flughafen schnell wieder verlassen und uns ein Taxi zu einem Hotel nehmen, welches laut Eresz in der Nähe des Vatikans lag.

Es war schäbiger, als ich gedacht hatte. Der Rezeptionist musterte uns nur kurz und schaute dann gelangweilt auf einen Computer-Bildschirm.

»Wir brauchen zwei Zimmer«, sagte Eresz ohne große Einleitung.

Der Typ sah kaugummikauend auf. »Haben wir nicht.«

Wir sahen uns genervt an.

»Nur ein Doppelzimmer«, fügte der Typ schmierig grinsend hinzu und ich verzog das Gesicht.

»Na gut, wir nehmen dann das«, antwortete Eresz mit ausdruckslosem, hartem Gesicht und dem Menschen verging das Grinsen.

Er kassierte eine Anzahlung und gab uns einen rostigen, verschmierten Schlüssel mit einem Anhänger, auf dem 483 stand. Dass die vierhundert für den vierten Stock stand und es keinen Fahrstuhl gab, bemerkte ich schnell.

»Warum ausgerechnet dieses Hotel?«, keuchte ich atemlos, während wir eine ausgewetzte Stufe nach der anderen bewältigten.

»Es ist unauffällig. Die ›Dämonen-Hotels‹ sind den Engeln bekannt und sie haben dort bestimmt Überwachungsmechanismen. Kein Engel würde freiwillig hierhin gehen.«

»Hier würde niemand freiwillig hingehen«, murmelte ich und sah mich im Flur um, in den wir eingebogen waren.

Die Wände waren kahl und die Farbe am Geländer blätterte langsam ab. Er war dunkel, die Lichter an der Decke flackerten immer wieder und summten leise. Es roch nach Staub und scharfem Putzmittel. Widerlich.

Vor einer Tür, an der die Zimmernummer halb herunterhing, blieb Eresz stehen und schob den Schlüssel ins verrostete Schloss. Die Tür quietschte und ich trat an ihm vorbei in das kleine Zimmer.

»Euh …«, machte ich und schauderte vor Ekel; Eresz sah sich mit ebenso wenig begeistertem Gesicht um.

Der Teppich war dreckig und warf Staubwolken auf, sobald ich nur einen Fuß auf ihn setzte, die Fenster waren milchig vor Dreck, das Bad sah aus, als wäre es seit Wochen nicht geputzt worden und auf dem Bett waren undefinierbare Flecken.

»Muss das sein?«, fragte ich angewidert. »Gab es nichts eine Klasse besser?«

»Es ist Sommer, die anderen Hotels, die in Frage kommen, sind vermutlich restlos ausgebucht.« Er stellte die Tasche auf einen Holzstuhl, der so aussah, als würde er jeden Moment zusammenbrechen, aber immerhin sauberer war als der Boden. »So, du bleibst am besten hier und ich ...«

»Kommt nicht in Frage!«, protestierte ich und sah ihn mit flammendem Blick an. »Wohin du auch gehst, ich komme mit, ich bleibe nicht hier. Hier gibt's bestimmt ... Ratten und Kakerlaken. Fliegende Kakerlaken mit Rattenschwänzen und faustgroße Spinnen! Fledermäuse in den Schränken! Monster unter dem Bett und Mörder hinterm Duschvorhang!«

Eresz starrte mich an – und fing an zu lachen.

»Na, wenn das so ist, kann ich dich ja wirklich nicht alleine hierlassen«, presste er zwischen seinem Lachen hervor. Er glaubte wohl, ich machte Scherze. Pah.

Von unseren Sachen nahmen wir nur unsere Rucksäcke mit. Wie Paris so war auch Rom nachts mit Touristen überlaufen, aber es war doch eine ganz andere Atmosphäre; aus den Pizzerien und Bars roch es nach Teig und irgendwelchen Gewürzen, die ich nicht zuordnen konnte, die Menschen unterhielten sich natürlich auf Italienisch und gestikulierten wild.

Eresz führte mich zielsicher durch die Straßen, in eine Villengegend. Hier war es sehr viel leiser, die Häuser waren größer, ihre Fassaden aufwendig verziert und die Straßen sauber. Vor einem dunklen Haus blieben wir stehen und Eresz tippte einen PIN-Code in ein Zahlenfeld. Das Tor summte, schwang auf und ließ uns in den Vorgarten, der sehr verwildert war.

»Wo sind wir hier?«

»In einem der Schutzhäuser der Dämonen«, erklärte Eresz und gab den nächsten Code an der Haustür ein. Auch sie schwang auf und wir traten ein.

Das Haus war von innen so dunkel, wie es von außen gewirkt hatte. Es gab kein Licht und Eresz machte auch keine Anstalten, den Lichtschalter zu betätigen. Wir sahen auch so genug. Die Flure waren verlassen, die Türen oftmals nur angelehnt. Manches Zimmer, in das ich einen Blick werfen konnte, sah so aus, als wäre es hastig verlassen worden. Als wäre der Bewohner geflüchtet, ohne sich darum zu kümmern, ob er etwas zurückließ.

Ich wandte mich ab. Dass ich von diesem Krieg kein Wort gehört hatte, bevor ich auf die Erde gekommen war, beunruhigte mich immer noch. Er musste schrecklich gewesen sein, so schrecklich, dass die Engel versuchten ihn zu vergessen, um sich nicht die Hände schmutzig zu machen.

In einem großen Raum, der ehemals ein Festsaal sein musste, war das Waffenlager. An den Wänden reihten sich Regale aneinander, alle überfüllt mit den unterschiedlichsten Waffen: Pistolen, Gewehre, Handgranaten, Dolche, Schwerter, Äxte, Nunchakus, Schlagringe ... Sachen, die ich gar nicht kannte und auch nicht kennenlernen wollte ... Eresz suchte sich zwei Dolche und eine Pistole plus Munition aus. Dann sah er mich erwartungsvoll an.

»Äh ... bist du sicher, dass du mir eine Waffe in die Hand geben willst?«, fragte ich zurückhaltend.

»Guter Einwand. Aber falls wir getrennt werden, solltest du dich zumindest irgendwie zur Wehr setzen können.«

»Okay, das stimmt. Was würdest du mir empfehlen? Ich werde nicht mit einer Axt durch die Gegend rennen!«

Er schmunzelte. »Eher nicht. Ich weiß nicht, such dir was aus. Die meisten Engel und Dämonen machen um Schusswaffen einen Bogen. Die sind von Menschen erfunden worden und haben es, soweit ich weiß, nie in die klassische Ausbildung geschafft.«

»Oder könnt ihr vielleicht alle einfach nur nicht zielen?«, fragte ich mit Unschuldsmiene. Eresz schnaubte nur, aber er widersprach auch nicht. Ha! Ich hatte wohl was gefunden, was er nicht gut konnte!

Was mir bei der Entscheidung, eine Waffe auszusuchen, nicht weiterhalf. Ich zögerte kurz, dann hörte ich auf meinen Instinkt und steckte einen der Dolche ein.

Dann kehrten wir in die Innenstadt zurück. Keiner von uns hatte Lust ins Hotel zu gehen. Dass wir in dem Bett würden schlafen müssen, war schon Horror genug. Wir schlossen uns also den Nachtschwärmern an und setzten uns in eine Bar, die auf dem breiten Bürgersteig Tische aufgestellt hatte. Es war immer noch angenehm warm und die Menschen um uns herum lachten und plauderten laut miteinander.

»Wenn du schon in Italien bist, musst du auch Pizza essen«, bestimmte Eresz. Also bestellten wir uns Cola und Pizza.

Ich konnte echt wieder was vertragen, das ganze Fliegen und Rumlaufen, das scheußliche Hotel und meine kleine Einführung in Waffenkunde hatten mich hungrig gemacht. Und das Essen duftete absolut ... äh ... himmlisch, sodass mir automatisch das Wasser im Mund zusammenlief. Und es schmeckte sogar noch besser.

»Fandst du es im Himmel immer schon schrecklich?«, fragte Eresz, während er einen verzweifelten Kampf gegen den warmen Käse focht, der großzügig auf der Pizza verteilt war.

Ich kaute zu Ende und überlegte. »Ich weiß nicht. Als Kind ist es dort sehr schön. Man muss sich um nichts kümmern, überall sind Engel, die mit dir spielen, und du kriegst Unmengen von Süßigkeiten. Im Nachhinein haben sie mich immer schon komisch behandelt, irgendwie abweisender als die anderen Kinder. Es kommen nicht oft Kinder aus dem Licht, nur zu ganz bestimmten Zeiten, wenn irgendwas in der richtigen Position zu irgendetwas anderem steht und die Sonne im richtigen Winkel zur Erde und der Mond ... Na, du weißt, was ich meine.« Ich winkte ab und er nickte.

»Wenn man zwölf ist, wird man einem Bezirk und einer Aufgabe zugeteilt. Je näher am Licht, desto besser und desto mächtiger schätzen die Oberen dich ein. Deswegen wollte natürlich jeder in die Nähe der Quelle. Uns wurde immer gesagt, dass die Oberen uns besuchen kommen und sich mit uns unterhalten und dann entscheiden, wohin wir kommen.«

»Aber das war nicht so«, folgerte Eresz aus meinem höhnischen Tonfall.

»Ganz und gar nicht. Da war ein griesgrämiger Engel, der mich an den Rand des Himmels schickte. Keine Ahnung, ob die anderen Nicht-Dämonen die Oberen zu sehen bekommen haben, aber ich bezweifle es. In den Randbezirken steht die Welt still. Die einzige Aufgabe, die es dort gibt, ist Wolken sammeln, damit unser hübsches, langweiliges Reich nicht auseinanderfällt.« Ich riss mir ein weiteres Stück Pizza ab. »Na ja, seit diesem Tag habe ich es dort oben endgültig gehasst. Klar, mit meinen dunklen Augen hatte ich nie viele Freunde gehabt, aber an der Quelle hätte ich vielleicht ab und zu zur Erde verschwinden können. In den Randbezirken gabs kein Entkommen. Und das bis zum Ende der Ewigkeit.«

»Wie kann die Ewigkeit denn ein Ende nehmen?«

»Raube mir nicht meinen letzten Funken Hoffnung«, stöhnte ich gespielt verzweifelt und trank einen großen Schluck der eisgekühlten Cola, was bei der anhaltenden Wärme echt guttat.

»Tut mir leid.« Eresz fuhr sich durch die braunen Haare und grinste.

»Gibt es bei Dämonen eigentlich auch einen Dresscode? Ich meine, dunkle Haare, dunkle Augen …«

Er zuckte mit den Schultern. »Nicht, dass ich wüsste. Ja, dunkle Haare und dunkle Augen sind die Norm, aber da Dämonen geboren und nicht erschaffen werden … und sich nicht so nobel von Menschen ferngehalten haben wie Engel …« Er sah mich vielsagend an.

»Wie dein Vater?«

»Genau. Das war kurz vor Ausbruch des Krieges. Er hat sich in meine Mutter verliebt. Sie wusste, was er war – keine Sorge. Sie war eine Vertraute der Dämonen, deswegen hat der Vater meiner Halbschwester sie auch verlassen. Sie durfte ihm ja nicht sagen, wohin sie immer verschwand. Zwei Jahre später hat sie sich Hals über Kopf in meinen Vater verliebt«, erzählte er und lächelte schief.

Eresz sah gut aus, wenn er so ehrlich lächelte wie jetzt. Schnell wandte ich den Blick ab, falls mir meine Gedanken zu offensichtlich im Gesicht standen, und konzentrierte mich auf die Reste meiner Cola. Die Pizza hatte bereits das Zeitliche gesegnet.

Kurz darauf zahlten wir, denn wir mussten immer wieder gähnen.

»Woher hast du eigentlich ständig das ganze Geld?«, fragte ich auf dem Rückweg durch die immer noch belebten Gassen. Es war ein wenig kühler geworden.

»Von meiner Mutter, unter anderem. Es gibt aber auch überall auf der Welt Konten für Dämonen, wenn sie sich auf der Erde aufhalten. Der Deal war früher, dass man das Geld nutzen konnte, wie man wollte, aber wenn man am Ende des Monats etwas übrighatte, sollte man es auf das Konto zahlen. Die Dämonen hatten ziemliche Geldanlagen. Fabriken, Fast-Food-Ketten und so was. Und das Schmiergeld von Politikern darf man nicht vergessen. Die meisten haben es auch so gemacht. Aber da ich im Moment einer der wenigen bin, die dieses Konto nutzen …« Er beendete den Satz nicht.

»Es gibt noch andere?«

»Ja, aber ich weiß nicht, ob sie Dämonen sind oder Helfer. Wir nehmen auch nie Kontakt zueinander auf, viel zu gefährlich.«

Damit war das Gespräch vorläufig beendet, meine Neugierde gestillt und in einvernehmlichem Schweigen erreichten wir das Hotel. Der Rezeptionist sah uns nicht einmal an, sondern kaute geräuschvoll Kaugummi.

Im Zimmer angekommen, warf ich dem Bett einen letzten angeekelten Blick zu und ließ mich dann auf die Matratze fallen. Federn bohrten sich in meinen Rücken. Na super. Außerdem hatte ich nicht bedacht, dass ich durch den Aufprall eine ganze Menge Staub hochwirbelte, und musste husten.

»Willst du dir keine Schlafsachen anziehen?«, fragte Eresz und sah auf mich hinunter.

»Kommt nicht in Frage«, erwiderte ich und meine Augen verengten sich, als er sich das T-Shirt auszog. Immerhin ließ er die Hose an. Ich drehte mich schnell auf die Seite, mit dem Rücken zu ihm und hörte ihn leise lachen.

»So schlafe ich eben, sei froh, dass ich nicht noch mehr ausgezogen habe.«

»Ich danke allen mir bekannten Göttern dafür«, gab ich zurück und schloss die Augen.

Ich war wohl sehr müde, denn ich wachte kein einziges Mal auf. Es war Eresz, der mich irgendwann aus einem Traum riss. Er rüttelte mich an der Schulter.

»Maggie, aufstehen. Es wird Zeit.«

Ich fuhr hoch und sah mich blinzelnd um. Eresz erhob sich aus seiner hockenden Position und streckte sich. Er trug immer noch kein T-Shirt und ich kam nicht umhin das Spiel seiner Muskeln zu beobachten.

»Wie viel Uhr ist es?«, fragte ich, um mich abzulenken.

»Fünf Uhr. Nachmittags. Wir müssen noch etwas essen und unsere Sachen zum Flughafen in ein Schließfach bringen. Falls das alles ganz gewaltig schief geht, wovon ich ausgehe, können wir schnell ins nächstbeste Flugzeug steigen«, erläuterte er.

»Klingt nach einem guten Plan.« Ich stand auf. »Ich geh kurz ins Bad.«

Ich wagte es nicht, die Dusche zu benutzen, sondern spritze mir nur ein bisschen merkwürdig riechendes Wasser ins Gesicht. Neben dem Waschbecken und unseren Zahnbürsten stand eine Flasche

Wasser, die wir gestern noch gekauft hatten. Immerhin konnte ich mir also den Mund ausspülen.

Danach verließen wir das Hotel endgültig, mit dem festen Vorsatz nicht noch einmal zurückzukehren. Auch nicht, wenn wir diese Nacht überleben sollten. Was für mich noch in den Sternen stand. Ich spürte eine mir unbekannte Nervosität in jeder Faser meines Körpers sitzen, die es mir unmöglich machte, still zu sitzen.

Auch als wie uns fürs Frühstück in einem Café niederließen, wippte ich die ganze Zeit mit den Füßen und zerrupfte mein Sandwich. Hunger hatte ich keinen. Eresz erbarmte sich schließlich und kaufte mir ein Eis, dann fuhren wir mit einem Taxi zum Flughafen.

Alles zusammen dauerte ungefähr drei Stunden, langsam dämmerte es und um halb neun waren wir schließlich wieder in der Nähe des Vatikans. Wir schlossen uns den Touristen an, die ebenfalls auf der breiten Straße unterwegs waren. Wir unterhielten uns mit einem französischen Akzent, um in der vor uns laufenden Touristengruppe unterzugehen. Die Wachen am Eingangstor beachteten uns nicht einmal. Der leichte Teil war damit geschafft.

»Wo müssen wir hin?«

»In die Sixtinische Kapelle. In der Nähe des Petersdoms«, antwortete Eresz und ich meinte in seiner Stimme einen Anflug von Nervosität zu hören. »Wir kommen nur durch das Museum herein. Dann suchen wir uns einen Ort, an dem wir uns verstecken können, ehe der ganze Komplex für Touristen geschlossen wird. Meine Fähigkeiten sollten es uns erlauben, unbemerkt zu bleiben.«

Je tiefer wir in Vatikanstadt eindrangen, desto stärker wurde das Ziehen in meinem Hinterkopf. Als ich mein Gesicht verzog, warf mir Eresz einen flüchtigen Blick zu.

»Es sind die Schutzrunen an den Gebäuden und Mauern. Früher mögen sie einen Dämon wirklich ferngehalten haben, aber mittlerweile sind sie zu schwach«, erklärte er.

Auf dem Weg zum Museum blieb Eresz auf einmal stehen und

sah stirnrunzelnd zu Boden. »Wir müssten gerade genau über den Archiven stehen. Über dem ältesten Teil, wenn mich nicht alles täuscht. Ich glaube, wenn wir fündig werden, dann dort. Komm.«

Wir zahlten den Eintritt fürs Museum und reihten uns dann in die Schlange derer ein, die in die Sixtinische Kapelle wollten. Da aber wegen der späten Stunde mehr Leute wieder den Rückweg antraten, dauerte es nicht so lange wie gedacht. Am Eingang stand ein älterer Mann, der jeden anlächelte und ihm einen schönen Abend wünschte, aber mit bürokratischer Stimme darauf hinwies, dass das Museum und damit auch die Kirche gleich schließen würden.

Die Sixtinische Kapelle war ein Meisterwerk der Kunst, es schien überhaupt keine Stelle zu geben, die nicht von einem Kunstwerk bedeckt war. Sogar die Decke war ein einziges Gemälde, das aus vielen einzelnen, kleinen Szenen zusammengesetzt war. Um alles zu entdecken, hätte ich vermutlich stundenlang nach oben starren müssen. Und das war nur eins von den unzähligen Gemälden, die – nahm ich einfach mal an – religiöse Szenen darstellten. Sogar ein paar … Engel konnte ich entdecken. Soweit ich wusste, stammten die Zeichnungen von Engeln von Menschen, die mit uns in Kontakt gekommen waren, aber ob sie mit dem Einverständnis der Engel gezeichnet worden waren, wusste ich nicht. Um nicht bei den anderen Touristen aufzufallen, gingen wir einmal herum, dann zogen wir uns in eine dunkle Ecke zurück, als niemand in unsere Richtung sah.

»Auch wenn dir das nicht gefällt, aber sobald sie schließen, musst du näher kommen. Sonst kann ich dich nicht mit verbergen«, flüsterte Eresz. Seine Miene war zu ernst, als dass es als Witz gemeint gewesen sein könnte.

Ich nickte. Ohne ein weiteres Wort zu verlieren warteten wir ab. Es dauerte nicht lange, bis wir anscheinend die Einzigen waren, die noch in der Kapelle waren.

Als eine Stimme ertönte und die Besucher dazu aufrief, das Gebäude zu verlassen, seufzte ich innerlich und trat näher auf Eresz zu. Ich stellte mich in die Ecke und er sich vor mich, sodass er mich von der Außenwelt abschirmte. Er war deutlich größer als ich und stand so dicht vor mir, dass ich nichts anderes als seine schwarze Kleidung sah.

Mein Herz begann schneller zu schlagen und erst schob ich es auf die Aufregung oder Eresz' Nähe – dann aber stellten sich alle meine Haare zu Berge und ein Schauder nach dem anderen lief über meinen Rücken. Anscheinend begann Eresz seine ominösen Fähigkeiten zu benutzen. Die Dunkelheit um mich herum verdichtete sich und war vorher vielleicht noch das ein oder andere Geräusch zu hören gewesen, so war jetzt alles dumpf. Sogar mein eigener Atem schien weit weg zu sein.

Ich starrte Eresz mit weit aufgerissenen Augen an. Seine Augen waren merkwürdig dunkel und langsam kroch die Schwärze auch in das Weiß seiner Pupillen. Es sah irgendwie gruselig aus, aber auch beeindruckend und ... ich weiß nicht. Faszinierend. Vielleicht war dies das richtige Wort.

Die Zeit schien an uns vorbeizufliegen, wir sahen uns die ganze Zeit in die Augen, bewegten uns nicht, sprachen nicht.

Irgendwann ließ die Spannung nach, die uns gefangen hielt, und Eresz zeigte mit dem Kinn in Richtung Kapelle. Es war niemand mehr hier, trotzdem hielten wir uns an den Wänden und ich spürte, dass Eresz seine Konzentration immer noch aufrechterhielt, jeden Moment bereit uns mit ... was auch immer er da getan hatte zu verbergen. Wir stiegen in die Gewölbe hinab, in denen weitere Kunstwerke aufbewahrt wurden und kamen an eine verriegelte Tür.

»Nicht sehr sicher, oder?«, fragte ich skeptisch.

»Glaubst du etwa, das ist die einzige Tür?«, erwiderte Eresz. »Außerdem gehen sie davon aus, dass nur Menschen versuchen hier einzudringen. Gewaltsam. Den Engeln ist der Zutritt erlaubt und

Dämonen«, er legte eine Hand aufs Schloss, es zischte und knackte, als sich das Schloss verborg, »gibt es nicht mehr. Nach dir.«

Er zog die Tür leise auf und ich ging an ihm vorbei ins Archiv. Na ja. In eine Art kleinen Vorraum, in dem nur ein Tisch stand, auf dem vermutlich die Sachen durchsucht wurden.

Eresz zog die Tür zu und machte sich noch einmal am Schloss zu schaffen, damit es aussah, als wäre nichts geschehen. Bei einer genaueren Betrachtung würde es vermutlich trotzdem auffallen, aber ich ging einfach mal davon aus, dass um diese Uhrzeit niemand damit rechnen würde, dass irgendjemand in die Archive einbrach. Und dieser niemand würde sich auch vermutlich nicht mit von Dämonenhand wieder zusammengesetzten Schlössern auskennen.

Wir gingen den unbeleuchteten schmalen Flur entlang, der an einer tresorähnlichen Tür mündete. An der Wand daneben hingen an Haken zwei Schutzumhänge oder so was und zwei Paar Handschuhe.

»Zum Schutz der ganz alten Schriften«, erklärte Eresz und nahm sich die Handschuhe.

Ich tat es ihm gleich. Wäre ja ein Jammer, wenn uns die Lösung unserer Probleme vor den Augen zu Staub zerfallen würde.

An dieser Tür werkelte Eresz länger herum, ich hörte wieder ein leises Zischen, konnte aber nicht genau sehen, was er da tat.

»Was machst du da eigentlich?«, fragte ich irgendwann neugierig.

Er zog die Hand ein wenig zurück und zeigte mir den Beginn von schwarzen Fäden, die aus seinen Fingerspitzen krochen. Sie verschwanden in der Tür.

»Ich versuche zu umgehen, dass wir einen Code eingeben müssen. Den zu erraten würde länger dauern, als wir Zeit haben. Die Engel wissen vermutlich bereits, dass du in Rom bist. Gemeinsam mit einem Dämon. Und sie wissen auch ganz genau, dass in diesem Archiv Schriften über sie sind.«

»Du meinst …«, ich beendete den Satz nicht und warf einen Blick zur Decke. Rottete sich da schon die Meute zusammen? Ich verdrängte das mulmige Gefühl in meinem Bauch. Noch hatte ich meine letzte Begegnung mit der Jagd nicht vergessen. Die Schmerzen nicht vergessen.

»Wir müssen uns also beeilen, denn unglücklicherweise haben die Archive nur einen Ausgang«, sagte er und die Tür schwang auf.

Wir schlüpften hinein und ich hielt die Luft an. Hier reihten sich unzählige Regale aneinander. Die Decke war niedrig und es roch unerwarteterweise nach nichts. Ich hatte mit Staub gerechnet, dem Geruch alter Buchseiten, aber wenn man die Schriften auch noch verstauben lassen würde, dann würden sie vermutlich sehr schnell zusammenfallen. Aber es roch auch nicht nach Putzmittel. Merkwürdig.

»Komm, wir müssen nach ganz hinten. Zumindest die Schriften über Engel und Dämonen sind chronologisch sortiert und die ersten Aufzeichnungen über uns sind sehr alt«, sagte Eresz leise, als fürchtete er, die tiefe, schwere Stille zu durchbrechen.

Ich konnte gut verstehen, wie er sich fühlte. Irgendeine unnatürliche Kraft, vielleicht auch ausgelöst durch Runen, versuchte uns abzustoßen und löste ein Ziehen in meinem Hinterkopf aus. Und ich hatte immerhin noch Engelsgene, die das Gefühl, von diesem Ort fliehen zu müssen, unterdrückten. Dieser Teil von mir durfte schließlich hier sein, in einer der hochheiligen Stätte der Engel. Wie musste es da erst Eresz gehen?

Je tiefer wir in die Archive vordrangen, desto älter wurde alles um uns herum. Es war wie eine Reise durch die Zeit. Wir hatten leider nicht wirklich Zeit, sonst wäre ich bestimmt an dem einen oder anderen Regal stehen geblieben.

Wir liefen schon eine ganze Weile, rannten beinahe, bis ich ruckartig stehen blieb. Etwas zupfte an meinem Bewusstsein, als winke mir jemand zu.

Eresz sah mich merkwürdig an, aber er folgte mir, als ich beinahe wie in Trance vom Hauptgang abbog. In eine Regalreihe, fast schon ganz am Ende, bog ich ab und lief sie bis zum Ende hindurch, dem Zupfen folgend. Dort endete das Regal in einer Nische, denn in regelmäßigen Abständen waren in das Gewölbe Bögen eingelassen, die aus den Seitenwänden ein gutes Stück hervorragten und die Regale unterbrachen. Ein Kribbeln schoss über meinen Körper und ich starrte das Regalbrett an, das knapp oberhalb meines Kopfes war. Dort stand ein unscheinbares dünnes Heftchen.

»Maggie«, begann Eresz ungeduldig, doch verstummte, als ich die Hand ausstreckte und das Buch herauszog.

Sobald es ganz in meinen Händen lag, sackte ich ein Stück nach unten. In dem Moment, in dem ich es aus dem Regal zog, veränderte es seine Form. Es war nicht länger ein Heftchen, sondern ein schweres, dickes Buch.

Eresz sog scharf die Luft ein. Ich entzifferte den Titel, der in merkwürdig geschwungenen Buchstaben geschrieben war: »Die Chroniken der Engel. Was bedeutet das?«

»Das ist eines der Hauptwerke der Engelsgeschichte. Ich wusste nicht, dass das hier überhaupt existiert. Ich hatte damit gerechnet, dass wir elendig lange die Abschriften suchen und durchsuchen müssten, aber das hier ist das Original. Merkwürdig«, fügte er nachdenklich hinzu. »Dass es ausgerechnet hier steht, so weit vorne.«

»Na ja, stell dir vor, du wärst ein Dämon und würdest versuchen auf der Suche nach Informationen über Engel in die geheimen Archive des Vatikans einzubrechen, was du natürlich nie tun würdest. Dann würdest du sofort nach hinten rennen und die vermutlich nicht vollständigen Abschriften durchsuchen. Wer weiß, vielleicht sind dort sogar irgendwelche Warnsignale und keine halbe Stunde später würde es hier von Engeln wimmeln. Dieses Buch aber scheint nur von Engeln spürbar zu sein, oder merkst du was?«

»Nein. Vermutlich hast du recht. Unglücklicherweise«, fügte er finster hinzu, aber in seinen Augen lag eine merkwürdige Bewunderung, die es mir ganz warm im Bauch werden ließ.

Wir sahen uns einen Moment stumm an – dann setzten wir uns auf die Erde. Das Gewölbe war schwach beleuchtet, aber unsere Augen waren gut genug, um die Buchstaben trotzdem erkennen zu können. Das Lesen war dennoch nicht so einfach. Es sah merkwürdig aus.

»Welche Sprache ist das? Ich habe irgendwie Schwierigkeiten, sie auseinanderzuhalten, wenn ich nicht weiß, welche es ist oder ich sie ausgesprochen höre«, sagte ich nachdenklich.

Eresz zuckte mit den Schultern. »Ich habe keine Ahnung.«

Das Buch begann mit der Entstehungsgeschichte der Engel, von der ich mich zwang, sie zu überspringen. Es hätte mich wahnsinnig interessiert, und auch Eresz sah aus, als hätte er gerne einmal reingesehen, aber es fehlte uns die Zeit.

Wir blätterten weiter und kamen zu der ersten Erwähnung von Dämonen. Aber kein Wort von Krieg. Es schien, als wären die beiden Völker erst einmal neugierig aufeinander gewesen. Und ganz offensichtlich hatte es beide Völker schon vor den Menschen gegeben. Wir sahen uns mit großen Augen an. *Sehr* viel vorher. Das Buch nannte keine genauen Zahlen. Und ich kannte mich nicht gut mit den einzelnen Erdzeitaltern aus, aber sie waren mit den frühsten Formen von Tieren auf die Erde gekommen.

»Unfassbar«, murmelte Eresz und warf dem ersten Teil des Buches einen sehnsüchtigen Blick zu.

»Wir können es ja mitnehmen«, schlug ich halbernst vor und wir starrten uns an. Ich hätte mit mehr als einem Buch gerechnet, oder zumindest ein besser Gesichertes, deswegen war mir der Gedanke gar nicht gekommen.

»Gar keine üble Idee«, sagte Eresz langsam. »Egal, weiter. Das überlegen wir später.«

Der erste Krieg zwischen Engeln und Dämonen und der Beginn ihrer Feindschaft geschahen, kurz bevor der erste »Mensch« die Welt betrat. Na ja, bevor der Affe halt von seinem Baum heruntersprang und »Ogh!« machte. So stellte ich mir das zumindest vor, wenn die Menschen vom ersten Menschen redeten.

Und dann dauerte es nicht lange, bis die Jagd ins Leben gerufen wurde. Nicht nur, um die Dämonen in Schach zu halten, sondern für diejenigen Engel, die mit dem Krieg nicht einverstanden waren und versuchten den Dämonen zu helfen. Hier begannen wir aufmerksam zu lesen.

Es geschah nun, dass Engel gegen Engel kämpfte, wenngleich es ein ungleicher Kampf war.

Die Jagd war im Schein des Lichtes ausgebildet worden, mit ungeheuren Kräften gesegnet, die Abtrünnigen jedoch lebten fern der Quelle und gar sogar in der verderblichen Gegenwart unserer Feinde. Eine Jagd umfasst stets sieben Engel, doch ihnen allen steht ein Oberer vor. Dieser ist eine gute Wahl, denn so wie alle Oberen ist auch er beinahe jeder Waffe gegenüber resistent und nur sein Tod kann die Jagd für immer auflösen, da sie an ihn gebunden ist.

Die Jagd wird also die Jahrhunderte überdauern, denn das Einzige, was ihr im Wege steht, haben sie kurz nach ihrer Gründung zerschmettert und in der Welt verstreut. Nur das Licht, welches selbst über den Oberen steht, ist unfehlbar und unzerstörbar und so wie jedes Wesen seine Schwächen hat, so haben sie auch die Oberen.

Der Dolch kann sie töten, doch das Sternenstück wurde im Feuer eines Glühenden Berges eingeschmolzen und die Edelsteine, die den Griff besetzten, in aller Welt verstreut.

Während diese Chroniken geschrieben werden, weiß kaum ein Engel, geschweige denn ein Dämon über Den Dolch, und doch überkommt mich das Gefühl, als sollte das Geheimnis der Zusammensetzung ein einziges Mal niedergeschrieben werden. Möge das Licht uns davor bewahren, doch auch ein Oberer könnte der Machtgier verfallen und dann sollten die nachfolgenden Generationen eine Möglichkeit haben, ihn zu besiegen.

Der Dolch muss von einem Alten Schmied geschmiedet werden, in Altem Feuer und mit Altem Stahl. Die Edelsteine sind: Ein Opal, damit jener, der den Dolch schwingt, für die Freiheit kämpft. Der Karneol soll seinem Träger Mut verleihen. Der Schwarze Turmalin wird all jene negativen Energien abwenden, die sich dem Träger in den Weg stellen. Möge der Aventurin ihm helfen, das Gelingen seiner Aufgabe, und nicht das Scheitern, stets vor sich zu sehen. Der Bernstein wird ihm auch in dunkelsten Stunden Lebensfreude schenken. Die Wahrheit soll er durch den Lapislazuli erkennen und sie sich stets vor Augen halten. Der Obsidian lässt Ängste überwinden und wird dem Träger eine große Hilfe sein. Und schließlich der Topas, damit nach dem Beenden seiner Aufgabe der Welt die Selbstverwirklichung offen steht, frei vom Joch derer, die den Träger unterdrücken mögen.

Es ging noch eine Weile weiter, über die Erfolge der Jagd und dass sich schon bald kein Engel mehr traute, seinem Herzen zu folgen. Bald wurden die Dämonen von allen als schreckliche Feinde gesehen. Hier schlossen wir das Buch und starrten uns an.

»Das ist …«

»Ja«, stimmte ich Eresz mit hohler Stimme zu.

Wir hatten, wonach wir gesucht haben und jetzt kam es mir merkwürdig surreal vor.

»Was bedeutet das alles? Dieser Alte Schmied und … was weiß ich?«, fragte ich und Eresz zuckte mit den Schultern. Überraschend, er hatte mal keine Antwort auf meine Fragen.

»Aber da finden wir vielleicht mehr in den Dämonenniederschriften. An die kommen wir einfach dran. Aber das Buch müssen wir jetzt so oder so mitnehmen«, antwortete er und steckte es sich in die Tasche.

In diesem Moment erklang ein ganz leises und hohes Klingeln. Ein Warnsignal. Wir sahen uns an. Das war nicht gut.

»Lauf!«, rief Eresz.

Wir sprangen auf und rannten zurück zum Hauptweg und von da aus zur Tür. Irgendwann griff er nach meiner Hand und ich hatte das Gefühl, als würde ich schneller laufen. Die Regale flogen an uns vorbei und verschwammen vor meinen Augen, während das Klingeln immer durchdringender wurde.

Als wir die Tür erreichten, machte sich Eresz auch keine Mühe subtil vorzugehen. Die Zweite sprengte er sogar aus den Angeln. Dahinter stand – ich weiß nicht, ob es ein Engel oder ein Mensch war, aber er zog ein Schwert und ging auf uns zu. Bevor er etwas tun konnte, hatte Eresz ihm den Dolch in den Hals gerammt.

Wie erstarrt blieb ich stehen, versuchte zu verarbeiten, was sich da vor meinen Augen abspielte. Aber der Schock betäubte mein Gehirn, welches immer noch nicht fassen konnte, was gerade innerhalb von wenigen Minuten passierte.

Eresz zog mich weiter, wir rannten diesmal nicht, sondern schlichen so leise wie möglich durch die Halle. Wir huschten von Schatten zu Schatten, was schwierig war, denn sie wussten wahrscheinlich, *wer* in ihre Archive eingedrungen war und versuchten uns den Vorteil der Dunkelheit zu nehmen, indem sie das Gebäude hell erleuchteten.

Mein ganzer Körper war von Adrenalin erfüllt und ich konnte die Angst nur tief in meinem Herzen flattern spüren.

Wir kamen bis zur Treppe, die in die Kirche führte, doch von dort aus stürmte eine Gruppe Menschen hinunter, angeführt von einem Engel. Das war eindeutig, denn er hatte Flügel. Eine besondere Auszeichnung und nur für jene, die dem Licht besser dienten als andere. Sein Blick glitt von Eresz zu mir und der Engel erstarrte.

»Sie ist ein flüchtiger Engel, überlasst sie mir. Tötet den Dämon!«, befahl er und die menschlichen Kämpfer stürmten auf Eresz zu.

Sie hatten Schwerter und gefährlich aussehende Messer dabei, aber keine Pistolen. Merkwürdig eigentlich. Und irgendwie dämlich.

Eresz ließ sich nicht aus der Ruhe bringen und wich an eine Wand zurück, um mich hinter seinen Rücken zu schieben.

»Halte deinen Dolch bereit«, murmelte er und ich schluckte.

Ich würde mich gleich bis aufs Blut verteidigen müssen. Jemanden töten müssen vielleicht. Oder sterben. Nichts von beidem wollte ich tun, wenn ich ehrlich war. Ich mochte die Engel nicht, aber jemanden töten? Oder einen der Menschen, der nur Befehle befolgte?

Trotzdem tastete ich nach dem Dolch an meinem Gürtel. Hatte ich eine andere Wahl?

Das war es aber auch mit den Vorbereitungen. Die Menschen stürmten auf uns zu und der Engel erleuchtete das Gewölbe taghell.

Eresz zuckte zusammen, doch er blieb in Kampfhaltung stehen. Er hatte sich gegen die Pistole entschieden und stattdessen in jeder Hand einen Dolch. Seine Hände bewegten sich schneller als ich schauen konnte, er war wie ein Wirbelwind aus blitzenden Klingen, der eine Spur von Blut hinterließ. Er tötete nicht alle Menschen, manche konnten ausweichen, andere sackten verletzt zusammen.

Der Engel ließ sich nicht irritieren, er suchte nach einer Öffnung in Eresz Deckung und seine kalten Augen ließen nicht von mir ab. Es war eigentlich nur eine Frage der Zeit, bis Eresz mich nicht mehr decken konnte.

Der Engel schoss vorwärts. Ich hechtete zur Seite, um dem ersten Angriff zu entgehen. Den Dolch hielt ich fest umklammert, um mein Zittern zu unterdrücken.

»Du beschäftigst uns schon zu lange«, zischte der Engel. »Die Oberen sind ungeduldig, weil sie ihre Zeit mit einer Abscheulichkeit wie dir verschwenden müssen. Sie hätten dich gleich töten sollen, als du *geboren* wurdest.«

Also stimmte es. Ich war tatsächlich geboren und nicht erschaffen worden. Es war fast erleichternd, das von einem Engel bestätigt zu bekommen.

»Ein Jammer für uns alle«, stimmte ich zu und warf mich zu Boden, um der Sichel aus Licht zu entgehen, die von seiner Hand auszugehen schien.

»Sag mir, was ihr in den Archiven zu suchen hattet!«, befahl der Engel mir. Er machte eine schnelle Bewegung mit der Hand und ließ einen Lichtstoß nach dem anderen auf mich los. Ich sprang zur Seite, stieß gegen eine Wand, musste den Schmerz aber ignorieren, um dem nächsten Angriff auszuweichen.

Ich sparte mir die Antwort, denn ich brauchte meine gesamte Energie, um nicht von einer der Attacken erwischt zu werden. Mit einem verzweifelten Blick stellte ich fest, dass mir der Weg abgeschnitten war. Ich saß in einer Ecke fest. Auch der Engel bemerkte es mit triumphierendem Blitzen in den Augen und kam langsam näher. Langsam machte sich die Angst wieder bemerkbar.

»Ihr habt unsere Chroniken gestohlen. Wolltet ihr die Prophezeiungen lesen? Sag es mir!«

Prophezeiungen? Das war ja interessant. Damit würden wir uns später beschäftigen, sollten wir hier lebend herauskommen. Der Engel schien meine Ausweglosigkeit auskosten zu wollen, denn er beugte sich zu mir hinunter.

»Ich sage nur eins: Ich heiße Maggie, nicht Magdalena, denn das ist ein unfassbar bescheuerter Name!«

Mit diesen Worten und Eresz' triumphierendes »Ha! Sag ich's doch!« im Nacken holte ich aus und rammte dem Engel den Dolch, den er anscheinend komplett vergessen hatte, ins Auge. So tief, dass die Klinge komplett in seinem Kopf verschwand.

Er schrie auf, taumelte zurück und brach zusammen. Schwer atmend sah ich mich um, die Hand immer noch erhoben. Bis auf zwei Menschen, die sich stöhnend auf dem Boden wälzten, waren alle tot. Der Engel war tot, lag zu meinen Füßen und hatte immer noch den Dolch ... Hatte wirklich *ich* das getan? Übelkeit stieg in mir auf und ich sah mich hektisch nach Eresz um. Er blutete aus einer Wunde am Arm, schien aber ansonsten wohlauf. Er eilte auf mich zu und zog mich hoch.

»Komm, schnell. Sie brauchen wahrscheinlich eine Weile, um den nächsten Trupp loszuschicken. Bis dahin müssen wir hier verschwinden.«

Diesmal rannten wir wieder. Heimlichkeit hin oder her, Hauptsache weg. Wir nahmen wieder den Weg durchs Museum, das dunkel und verlassen dalag, aber als wir draußen ankamen, strömten von überall Menschen und Engel heran.

»Verdammt noch mal«, fluchte Eresz und zog mich an der Hand wieder hinter sich her. Ich ließ mich mitziehen, zu mehr fühlte ich mich nicht in der Lage. Meine Hände zitterten immer noch und mein Herz schien mir aus der Brust springen zu wollen.

Wir nahmen nicht den Weg zum Haupteingang der Vatikanstadt, sondern mitten durch die verschiedenen Gebäude hindurch, bis wir vor den Resten einer alten Mauer standen, die in diesem Teil des Staates noch gut erhalten war.

»Ich muss dich auf dem Rücken tragen, ich brauche die Arme frei«, erklärte er und ging ein wenig in die Knie.

Ich stieg widerspruchslos auf seinen Rücken, die Beine um seine Hüfte und die Arme um seinen Hals geschlungen. Ich wollte nur weg, weg von den Engen, weg von dem Tod und dem ... dem, was ich getan hatte.

In einem wahnsinnigen Tempo – als wöge ich nichts – kletterte er an der Mauer hinauf. Die Einkerbungen, an denen er sich festhielt, waren tief genug, trotzdem war ich froh, als wir auf der anderen Seite wieder hinunterstiegen und auf dem Boden landeten. Ich ließ mich von ihm herunterrutschen und wir liefen weiter.

Eresz hatte uns einen Vorsprung verschafft, deshalb hatten wir

Zeit, unsere Jacken aus dem Rucksack zu holen, damit man die Blutflecken nicht sah. Erst in einem etwas belebteren Teil der Stadt gingen wir langsamer, um nicht aufzufallen. Wir nahmen das erste Taxi, das uns über den Weg fuhr.

»Zum Flughafen!«, befahl Eresz ungeduldig und der Taxifahrer brauste los.

Flughafen und ein ungeduldiger Tonfall waren anscheinend ein Code für »Fahren Sie so schnell und unter Nicht-Berücksichtigung von so vielen Verkehrsregeln, wie es geht«.

Um halb drei war auf den Straßen auch nicht mehr ganz so viel los und wir kamen schnell voran. Trotzdem warf Eresz immer wieder einen hektischen Blick nach hinten, während ich versuchte mein rasendes Herz zu beruhigen.

Erst im Flughafen verlor sein Gesicht den gehetzten Ausdruck und seine angespannte Haltung sackte in sich zusammen.

»Sie können hier nicht einfach mit Waffen reinstürmen«, erklärte er und ging zum Schalter.

»Wir haben uns spontan entschlossen einen kurzen Urlaub zu machen«, erklärte er mit aufgesetzter Freundlichkeit und strahlte die junge Frau an, die sogar ein wenig rot wurde.

Ich versuchte begeistert auszusehen, aber wahrscheinlich kam dabei eher eine Grimasse raus. Sie hatte eh keine Augen für mich. Worüber ich in dem Moment ganz froh war, denn ich wollte nicht, dass irgendjemand die Gefühle in meinen Augen sehen konnte. Ich hatte jemanden getötet. Ja, natürlich war es Notwehr gewesen, aber ... es war jemand gestorben. Ein lebendes, atmendes Wesen, durch meine Hand. Immer noch meinte ich spüren zu können, wie die Klinge den Engel durchbohrte. Die Übelkeit stieg wieder in meinem Magen auf, heftiger als vorher und meine Beine schienen unter mir nachgeben zu wollen. Aber ich zwang mich dazu, aufrecht zu bleiben, zwang mich dazu, alle meine Gefühle in die hinterste Ecke meines Bewusstseins zu drängen. Ich konnte jetzt nicht zusammenbrechen.

»Egal wohin, aber vielleicht gibt es ja etwas Richtung Norden?«, fragte Eresz.

»Einen Moment, ich schaue eben.« Sie schürzte die Lippen und tippte in ihrem Computer herum. Ihr Gesicht leuchtete auf.

»Wir hätten noch zwei Plätze in einem Flugzeug nach Aberdeen«, erklärte sie.

Eresz nickte begeistert. »Das wäre perfekt, nicht wahr, *Schatz?*«

Das war mir dann doch etwas zu viel Zurschaustellung. Ich versuchte ihn unauffällig zu treten.

»Ja, das ist großartig«, stimmte ich zähneknirschend zu.

»Der Flug geht allerdings schon in anderthalb Stunden.«

»Das macht nichts, wir haben unsere Sachen hier in einem Schließfach. Solange das mit dem Boarding kein Problem ist.«

»Nein, nein, die Plätze sind kurzfristig frei geworden, wir sind froh, wenn wir sie wieder belegen können.« Sie druckte unsere Tickets aus und überreichte sie uns.

Wir gingen zu den Schließfächern und holten unsere Koffer. Dann checkten wir ein und gingen zum Gate. Diesmal piepte auch bei Eresz nichts. Zum Glück. Derartige Aufmerksamkeit konnten wir nicht auf uns lenken.

Unruhig warteten wir darauf, das Flugzeug betreten zu dürfen. Endlich kam der erlösende Aufruf und keine 45 Minuten später startete das Flugzeug und wir waren hoch in den Lüften, ließen Rom und die Gefahr, der wir so knapp entronnen waren, hinter uns. Wir sahen uns an.

»Das war aufregend«, stellte Eresz nüchtern fest und ich nickte, stieß ein atemloses Lachen aus. Mir war nicht ganz danach zumute, aber ich spürte, dass Eresz mich ablenken wollte.

Auch er musste grinsen. Es gab einiges, was ich gerne besprochen hätte, aber ein Flugzeug war definitiv nicht der Augenblick dafür.

»Warum Norden?«, fragte ich stattdessen.

»Stac an Armin.«

»Gesundheit?«, fragte ich und er schüttelte grinsend den Kopf.

»Stac an Armin ist eine Insel vor Schottland. Einer der großen Dämonensitze. Na ja, groß ist relativ, aber du wirst sehen. Es ist ein gottverlassener Felsbrocken, und warum man sich je die Mühe gemacht hat, ihn zu erobern, weiß der Himmel.«

»Na, die wissen's bestimmt nicht«, murmelte ich.

Dann kam eine Stewardess und fragte nach Getränken und Snacks. Dankbar und ausgehungert nahm jeder von uns zwei Sandwiches und eine Cola. Ich hatte Angst, den Engel wiederzusehen, mit seinem durchstochenen Auge, wenn ich mir erlaubte einzuschlafen. Aber ich konnte die bleierne Müdigkeit nicht lange bekämpfen und schlief ein.

Zum Glück hatte ich keine Träume und als ich wieder erwachte, waren wir kurz vor der Landung. Ich lag mit dem Kopf auf Eresz Schulter.

»Sorry«, murmelte ich und streckte mich so gut das möglich war.

»Kein Problem. Wir suchen uns gleich eine Herberge und dann können wir schlafen.«

»Meinst du nicht, sie finden uns hier?«, fragte ich und verfluchte mich für die Beklommenheit in meiner Stimme. Wenn ich der Angst erlaubte, an die Oberfläche zu kommen, würde ich sie vielleicht nicht mehr kontrollieren können.

Er warf mir einen flüchtigen, verständnisvollen und sehr müden Blick zu. »Nein. Zumindest nicht in den nächsten 48 Stunden, und bis dahin sind wir hoffentlich auf Stac an Armin.«

Der Flughafen in Aberdeen war niedlich klein und übersichtlich. An einer Information fragten wir nach einer Herberge und der ältere Herr gab uns eine Adresse.

»Ein echter Geheimtipp«, erklärte er und zwinkerte uns zu.

Na ja, das sagte er bestimmt jedem – dachte ich, bis ich die Herberge ein wenig außerhalb der Stadt sah. Sie war wirklich hübsch.

Blumen wuchsen in Kästen, die auf der Fensterbank standen, und alles war sauber und gepflegt.

Auf unser Klingeln hin öffnete eine alte Frau mit freundlichem Gesicht und Lachfältchen um den Mund. Es war sehr früh, aber laut der Aussage des Mannes war die Herberge schon ab sechs Uhr morgens geöffnet. Zum Glück hatte sie noch ein Zimmer, das wir sofort beziehen konnten. Es störte mich auch nicht mehr, dass es wieder ein Doppelzimmer war.

Ich zog mir die Jacke aus, spritzte mir im Bad noch ein wenig Wasser ins Gesicht und putzte meine Zähne, dann fiel ich todmüde ins Bett, in dem Eresz schon tief und fest schlafend lag. Das Bettzeug roch ganz leicht nach Lavendel und ich schlief ein. Dieses Mal allerdings nicht traumlos.

Engel, die aus ihren leeren Augenhöhlen bluteten, taumelten auf mich zu. Ich versuchte vor ihnen wegzurennen, aber meine Füße waren am Boden festgewachsen. »Magdalena, wir kriegen dich … Du kannst dich nicht verstecken … Wir können dich nicht sehen, aber dich …«

Schreiend wachte ich auf.

Ich riss die Augen auf und starrte in Eresz' besorgtes Gesicht, wenn ich seinen Ausdruck richtig deutete. Er hielt mich an den Schultern fest, als versuche er schon länger mich zu wecken.

»Es ist der Engel, oder?«, fragte er leise und ich nickte nur.

Ich hatte einen Kloß im Hals und meine Augen brannten verräterisch, aber ich würde ganz sicher nicht weinen. Ich konnte mich nicht einmal daran erinnern, in meinem Leben überhaupt schon geweint zu haben und würde nicht jetzt damit anfangen.

»Der erste ist immer am schlimmsten«, sagte Eresz und ließ mich los.

Schlagartig wurde mir kälter, aber ich schüttelte den Gedanken daran, dass noch weitere folgen würden, ab.

»Du hast keine Albträume mehr?«, fragte ich matt.

Er fuhr sich unruhig durch die Haare, zuckte mit den Schultern. »So würde ich das nicht sagen. Aber es sind nicht mehr so viele. Es heißt eben immer: du oder sie.«

»Das dachte ich auch, aber es macht es irgendwie nicht besser.«

»Das ist auch gut so. Dieser sinnlose Blutrausch, in den manche Dämonen früher verfallen sind, hat *alle* Dämonen in den Augen der Menschen und Engel als Böse abgestempelt.«

»Früher? Also sind Dämonen eigentlich arme missverstandene Weltenkinder?«, fragte ich spöttisch, froh, mich ablenken zu können.

Eresz grinste. »So würde ich das auch nicht sagen. Aber bei Dämonen gibt es vermutlich auch Gute und Schlechte. Vergiss nicht, ich habe kaum welche kennengelernt.«

»Tut mir leid«, murmelte ich.

»Hm? Muss es nicht. Es gibt ja nichts, was ich vermissen könnte. Sogar an meinen Vater kann ich mich nicht mehr erinnern. Aber ich glaube, meine Mutter hat alles viel positiver erzählt, als es wirklich war.«

»Ist das nicht immer so? Im Nachhinein war doch immer alles besser«, fügte ich hinzu, auch wenn es mir selbst so nicht ging. Ich erinnerte mich immer eher an das Negative.

»Vielleicht kommt das erst im Alter«, grübelte Eresz und ich musste lächeln.

Dann kuschelte ich mich wieder in die Decke, denn ich war immer noch müde. Bis zum Abend schliefen wir ohne weitere Unterbrechungen meinerseits, zumindest wurde ich nicht davon wach.

Als ich nach sechs Stunden endlich aufstand, war ich aber auch echt froh mal wieder duschen zu gehen. Ich blieb so lange unter der Dusche, bis Eresz mir drohte, hereinzukommen, wenn ich nicht hinne machte. Schnell drehte ich den Strahl aus, trocknete mich ab und zog mich an. Mit dem Haarebürsten würde ich wohl warten müssen.

Eresz kam deutlich schneller wieder aus dem Bad als ich, aber er hatte ja auch deutlich kürzere Haare. Und so. Vielleicht hatte ich auch einfach das ganze warme Wasser aufgebraucht. Bevor er auf die Idee kam, sich hier vor meinen Augen umzuziehen, huschte ich wieder ins Bad. Durch die Tür hörte ich ihn lachen und dann das unmissverständliche Rascheln von Kleidern. Erst als er eindeutig fertig war, wagte ich mich wieder hinaus.

Er saß an dem kleinen Tischchen, das im Zimmer stand, in einem der zwei bequemen Sessel. Ich ließ mich in den anderen plumpsen und beobachtete, wie er das Buch aus seinem Rucksack zog und es andächtig auf den Tisch legte. Da fiel mir etwas ein.

»Der Engel hat gefragt, ob wir die Prophezeiungen gelesen hätten. Weißt du was darüber?«, fragte ich.

»Nicht mehr, als dass es Prophezeiungen gibt, von denen manche wahr geworden sind und manche noch nicht und manche auch schon ausgeschlossen sind. Es ist alles eine sehr vage Angelegenheit«, erwiderte er abschätzig.

»Aber wenn die Engel ihnen eine solche Bedeutung zumessen, sollten wir vielleicht einmal nachsehen«, gab ich zu Bedenken und schnappte mir das Buch.

Ich musste bis ganz nach hinten blättern. Dort fing der Chronist an über Prophezeiungen zu schwadronieren, berichtete von großen Sehern und zahlreichen Visionen. Das ging über mehrere Seiten und Eresz warf mir einen vielsagenden Blick zu.

»Während du nach irgendwelchen zufällig zusammengereihten Wörtern suchst, werde ich einmal versuchen uns etwas zu Essen aufzutreiben – und unsere Weiterreise zu organisieren. Du verlässt dieses Haus nicht, klar? Die Sonne ist schon untergegangen und wir wollen auf Nummer sicher gehen.«

»Na, wenn du das sagst«, murrte ich und zog das Buch auf meinen Schoß und lehnte mich gegen die Polster. An sich hatte ich ja kein Problem damit, eine Runde zu lesen. Aber mir ging sein befehlender Ton definitiv gegen den Strich.

»Ich habe ganz sicher nicht mein Leben für dich riskiert, nur damit du es wieder wegwirfst.«

»Schon gut, schon gut!«, sagte ich und schlug das Buch heftiger auf als nötig. »Ich bin ja froh, dass du das getan hast, aber wenn es dir so zuwider ist, hättest du es vielleicht bleiben lassen sollen.«

Seine Miene verfinsterte sich weiter. »Wäre im Nachhinein vielleicht gar keine schlechte Idee gewesen.«

Ich schnappte nach Luft und beschränkte mich darauf, ihn wütend anzufunkeln.

Er erwiderte den Blick genauso wütend und stürmte aus dem Zimmer. Ich starrte ihm hinterher und ließ dann meinen Kopf gegen die Rückenlehne sinken. Verdammt. Ich hätte ihn nicht so anfahren sollen. Aber ich verstand nicht, warum er mir manchmal das Gefühl gab, von nichts eine Ahnung zu haben. Das machte mich rasend, ich hasste es, wenn man mir einfach ins Gesicht knallte, was ich zu tun und zu lassen hatte. Vor allem in diesem Moment, nach der Sache in Rom, nach unserer Flucht, bei der wir mehr Glück als Verstand gehabt hatten. Allerdings ... ging es ihm vielleicht genauso? Er tat zwar immer so, als würde ihm das Kämpfen und das Fliehen nichts ausmachen, aber ...

»Okay. Das mit der Empathie üben wir noch mal«, murmelte ich. »Wir beide!«

8. KAPITEL

Eresz

Immer noch wütend über die Auseinandersetzung mit Maggie stapfte ich durch die dunklen Straßen von Aberdeen. Mit etwas über 200.000 Einwohnern war es, trotz der zwei Universitäten, deutlich stiller als in Rom oder Paris. Angenehmer. Die Straßen waren frei von Feiernden und die einzigen Autos, die noch herumfuhren, gehörten zu Menschen, die schnell nach Hause wollten. Außerdem war es deutlich kühler und die Tage waren meistens bewölkt. Alles in allem ein perfekter Ort für mich, der jetzt, mit einsetzendem Nieselregen, durchaus zu meiner Stimmung passte.

Maggie war einfach ... Keine Ahnung, sie ging mir unter die Haut. Hinter ihrer großen Klappe, vor allem gegenüber den Engeln, steckte mehr, als ich gedacht hatte. Ihr Mut war nicht nur Fassade. Aber ich würde sie nicht noch näher an mich heranlassen. Vielleicht irgendwann, wenn wir diese Sache überlebten.

Es genügte, dass Freunde gestorben waren – meinetwegen. Weil ich ein Dämon war. Das war der Grund, warum ich mir keine mehr suchte. Ein Dämon unter Menschen oder Engeln zu sein, war immer ein Risiko. Weniger für mich als für die anderen.

Ich setze mich in einem verlassenen Park auf eine Bank und zog mein Handy heraus. Der Weg nach Stac an Armin war aufwendiger, als ich es in Erinnerung hatte und führte über viele kleine Etappen. 48 Stunden waren doch etwas optimistisch, vermutlich würden wir allein für die Reise mehrere Tage brauchen, aber wenn wir so oft unseren Standpunkt wechselten, war die Wahrscheinlichkeit, von Engeln entdeckt zu werden, deutlich geringer. Und wie gesagt, sie verirrten sich selten so weit in den Norden, wo die Nächte immer schon dunkler und die Tage düsterer gewesen waren.

Ich wusste den ungefähren Weg noch, meine Mutter war mit mir einmal in Stac an Armin gewesen, aber da waren wir in Uig und nicht in Aberdeen gestartet. Deswegen überprüfte ich meine Erinnerungen mit dem, was Google Maps mir ausspuckte – denn leider hatte Google noch keine Dämonen-Funktion, die einem Wege anzeigte, die nur uns zugänglich waren. Also von Aberdeen nach Portree. Da müsste es doch eine Flugverbindung geben. Von Portree mit einem Auto nach Uig. Mit einem ausnahmsweise nicht gefälschten Führerschein. Von dort die Fähre nach Lochmaddy, ein »hübsches kleines Fischerdorf« wie meine Mutter gesagt hatte. Dann irgendwie zur anderen Seite der Küste nach Baleloch und vermutlich wieder mit einer Fähre nach Haskeir, einer kleinen vorgelagerten Insel.

Von dort konnte ich meinen Kontakt anrufen, einen der wenigen verbliebenen Eingeweihten, der es irgendwie geschafft hatte, nicht von den Engeln entdeckt zu werden. Er würde uns weiterhelfen, aber um den Hubschrauber würden wir vermutlich nicht herumkommen.

Großartig. Maggie war schon von einem normalen großen Flugzeug nicht angetan gewesen. Das schaukelnde, kleine Ding, das sich jeden Meter über dem rauen Nordmeer erkämpfen musste, würde sie noch mehr beunruhigen. Aber ich zählte auf ihren Stolz, der es ihr verbieten würde, rumzujammern.

Irgendwie war aus meinem unauffälligen, ruhigen Leben eine Hetzjagd geworden. Meine Mutter würde mich umbringen, wenn sie wüsste, dass die Engel von mir erfahren hatten. Okay, zuerst würde sie mir sagen, dass sie stolz auf mich wäre, weil ich Maggie half. Dann würde sie mich umbringen, weil ich das auf so auffällige Weise tat.

Aber falls wir die Jagd besiegten … vielleicht könnte ich sie dann einmal besuchen. Nur ganz kurz. Unsere Aktion würde mit Sicherheit da oben so viel Chaos anrichten, dass sie sich eine ganze Weile nicht mehr mit uns beschäftigt. Wie gesagt. Falls wir das überhaupt schafften. Falls wir so weit kamen.

Meine Gedanken wanderten zu dieser Dolch-Geschichte zurück. Den erst einmal herzustellen war eine Sache, aber einen Oberen zu töten? Ich hatte nie davon gehört, dass das jemandem gelungen war, aber wenn dieser Dolch tatsächlich die einzige Waffe war …

Würden wir überhaupt an den Oberen herankommen? Das war ja eigentlich die große Frage. Und die Oberen waren alt. Sehr alt. Wahrscheinlich die ersten menschenähnlichen Lebewesen auf der Erde. Sie waren vollgestopft mit der Kraft des Lichts und hatten Äonen von Erfahrung.

Irgendwie sah meine Zukunft auf einmal ganz schön dunkel aus.

Mit einem frustrierten Schnauben stand ich auf und verließ den Park. Erst einmal würde ich was zu essen besorgen und dann zurück in das Zimmer gehen und einen Flug buchen. In dem Zimmer, in dem auch Maggie saß und über diesem dämlichen Buch brütete, auf der Suche nach Prophezeiungen von irgendwelchen Quacksalbern. Meine Laune sank immer weiter.

In der Herberge angekommen, begrüßte mich Maggie mit einem ungeduldigen und erschreckend besorgten Blick. Sie nahm mir die Pizzakartons aus der Hand und deutete auf das aufgeschlagene Buch.

»Lies«, befahl sie.

Ich wollte keinen neuen Streit vom Zaun brechen und tat, wie mir geheißen. Meine Augen wurden beim Lesen immer größer.

Nun ist dies eine außergewöhnliche Prophezeiung. Sie erschien als ein einziger langer Traum und gehört zu dem mir am besorgniserregendsten, was ich in langer Zeit gehört habe. Und doch scheint kaum jemand meine

Sorge zu teilen, als wollen sie den Dämonen keine Wichtigkeit in der Erdgeschichte zuordnen.

Nun geschah es, dass ein junger Engel eines Morgens in mein Haus stürzte und mir von seinem Traum berichtete, der so lebhaft und schrecklich war, wie es nur eine Vision sein konnte. Er berichtete von einem Krieg zwischen Engeln und Dämonen, den die Engel gewannen, denn sie fanden eine Möglichkeit, die Kräfte der finsteren Kreaturen zu bannen und sie gleichsam einzusperren.

Doch oh weh, denn nichts, was im Übermaß vorhanden ist, führte je zu einem guten Ende. Das Licht wird sich ausbreiten, ungehindert von den Schatten seines Feindes und Geliebten der Dunkelheit, und das Gleichgewicht der Natur wird durcheinandergeraten und die Ordnung der Dinge zerstört werden und erwecken, was ewig hätte schlafen sollen.

Die Menschen werden als Erste darunter leiden, denn sie sind mehr als wir auf das Gleichgewicht angewiesen und erst werden sie in Scharen sterben, doch nach ihnen werden auch wir vergehen.

Es wird alles Leben dahinraffen und dann wird das Licht sich ausbreiten und andere Welten finden und sie ebenfalls zerstören, bis, wie ich befürchte, im Universum nichts mehr übrig bleibt als das Licht. Es wird sich selbst verzehren und nur noch das Nichts übrig lassen, wo einst eine Unendlichkeit von Leben und Schönheit war.

Ich bete, dass meine Brüder und Schwestern diese meine Worte irgendwann ernst nehmen werden, bevor es zu spät ist.

Ich starrte Maggie an.

»Prophezeiungen sind Schwachsinn, hm?«, fragte sie spöttisch als Reaktion auf meinen Gesichtsausdruck.

»Wir wissen ja gar nicht, ob sie wahr ist«, widersprach ich, nicht wirklich von meinen Worten überzeugt.

Sie schnaubte. »Eresz, der Krieg war schon da. Und wenn ich es richtig verstanden habe, sind die Dämonen nicht tot. Sie sind eingesperrt, verbannt, was auch immer. Also, das ist schon passiert. Und das Ungleichgewicht der Natur? Ich mag ja im Himmel gelebt haben, aber auch ich hab mitgekriegt, wie am Arsch die Welt ist. Erdbeben hier, Flutwellen da, Vulkanausbrüche dort.«

»Das ist der Klimawandel«, warf ich spontan ein, aber meine Stimme klang mehr als kläglich.

Sie warf mir einen strafenden Blick zu. »Stell dich nicht dümmer, als du bist!«

»Das nehme ich als Kompliment«, erwiderte ich und sie verdrehte die Augen.

»Also darf ich zusammenfassen«, begann ich ironisch und ich sah ihre Lippen schmal werden, »wir töten erst den Oberen der Jagd, dann befreien wir alle Dämonen und wenn wir nicht gestorben sind, dann werden wir glücklich bis ans Ende unseres Lebens leben?«

»Du bist so ein Idiot!«, fauchte sie und riss mir das Buch aus den Händen, um es vernehmlich zusammenzuklappen. Armes Bu...

Aua.

Sie hatte mir tatsächlich eine gescheuert. Wahr und wahrhaftig, sie hatte mir eine Ohrfeige gegeben, immerhin kräftig genug, um mich inne halten zu lassen. Ich schaute sie verblüfft an, während sie mich mit lodernden Augen und den Armen vor der Brust verschränkt herausfordernd ansah.

»Niemand hat dich dazu gezwungen, mir zu helfen. An meinem ersten Tag in Paris hatte ich mich damit abgefunden zu sterben, aber du bist gekommen und hast mich gerettet. Du hast vorgeschlagen, wir suchen einen Weg, die Jagd zu besiegen. Das warst alles du, also hör auf so zu tun, als würde ich dich zu irgendetwas zwingen. Wenn dir das alles scheißegal ist, was machst du dann noch hier, hm?!«

Hinter ihrer Angriffslustigkeit konnte ich sehen, wie verletzt sie war. Und wie erschöpft und verängstigt, nach all dem, was in den letzten Tagen passiert war. Für mich war das normal, ein Leben in ständiger Gefahr der Entdeckung und nie lange an einem Ort bleiben. Für sie nicht.

Ich konnte ihr nicht einmal böse sein, weil sie ja recht hatte. Zu meinem Unglück schien sie eine Antwort zu erwarten.

»Die ehrliche Antwort? Aber scheuer mir nicht wieder eine«, fügte ich hinzu und sie kniff die Augen zusammen. »Ich weiß es nicht. Ich wusste nur, ich konnte dich nicht einfach sterben lassen. Es ist schon mal jemand durch die Jagd gestorben, weil ich es nicht verhindern konnte«, erklärte ich zögernd. Ich gab mir einen Ruck, denn so würden wir nicht weiterkommen. Wir waren beide mit unseren Kräften am Ende und es war nur eine Frage der Zeit gewesen, bis wir uns angingen.

»Aber du musst zugeben, einfach ist das nicht, was wir vorhaben.«

Sie seufzte und schien mit einem Mal all ihre Aggressivität verloren zu haben. Jetzt war die Erschöpfung auf ihrem Gesicht noch deutlicher. »Nein ist es nicht, aber es ist meine einzige Chance. Und wenn wir die Dämonen irgendwie befreien können, ... wäre das nicht auch gut für dich? Vielleicht lebt dein Vater ja doch noch.«

Ich lächelte ihr flüchtig zu. »Nein, das tut er nicht, er gehörte wohl zu den wenigen, die sie wirklich getötet haben. Aber ja, die Befreiung der Dämonen wäre gut für *uns*. Du bist auch einer von uns, schon vergessen?«

Ich nahm eine ihrer braunen Haarsträhnen in die Hand und hielt sie ihr vors Gesicht. Sie erwiderte mein Lächeln zögerlich.

So ein Mist aber auch. Sie war definitiv zu hübsch.

9. KAPITEL

Magdalena

Wir aßen die Pizza, die mittlerweile schon kalt war, aber trotzdem noch ganz in Ordnung schmeckte. Dennoch, wenn man gerade aus Italien kam, war das einfach nichts.

Danach wollte ich nur noch abschalten. Das meiste aus den Chroniken war deprimierend und ehrlich gesagt wollte ich nicht auf noch eine Prophezeiung stoßen, die sich vielleicht als wahr herausstellte – und noch erschreckender. Also entschied ich mich für *The Winds of Winterfell*, während Eresz Flugtickets buchte.

Er hatte mir schon gebeichtet, dass wir auch mit einem Boot über tiefes dunkles Wasser fahren müssten und dann mit einem kleineren Klumpen Stahl von einem unbarmherzigen Nordwind herumgeschubst würden. Meinen entsetzten Blick ignorierte er gekonnt.

Es war nämlich nach meiner Standpauke merkwürdig friedlich zwischen uns geworden. Die Stille, die nun, da wir beide lasen, im Zimmer eingekehrt war, war durchaus angenehm.

»Der Flug nach Portree geht morgen Nachmittag um 16 Uhr?«, fragte ich irgendwann, als meine Augen müde wurden.

Eresz nickte. »Ich habe noch mal nachgesehen. Von Portree können wir auch genauso gut den Bus nach Uig nehmen, der ist in 30 Minuten da. Das kommt zeitlich einigermaßen hin. Und in Uig müssen wir wahrscheinlich die Nacht bleiben. Es ist ohnehin besser, wir bringen dich so schnell wie möglich in ein gut verschlossenes Haus.«

»Meinst du, sie sind uns wieder auf den Fersen?«

»Davon kannst du ausgehen«, prophezeite er.

Wie ironisch.

»Ich weiß nur noch nicht genau, wie wir dann von Lochmaddy nach Baleloch kommen sollen. Vielleicht gibt's da auch eine Fähre, vielleicht fährt aber auch direkt etwas nach Haskeir.«

Er sprach die Namen mit einer Leichtigkeit aus, die mich neidisch machte.

»Und dann der Hubschrauber«, fügte ich düster hinzu.

Er grinste mich breit an. »Wenn so viele *Menschen* das überstanden haben, wirst du ja wohl nicht klein beigeben.«

»Auf keinen Fall!«, widersprach ich.

Den Rest der Nacht verbrachten wir mit Lesen oder damit, mit Eresz' Handy zu spielen. Beziehungsweise, ich hatte es ihm geklaut und so lange genervt, bis er mir den PIN verraten hatte. Dann hatte ich mich durch seine Apps durchprobiert.

Am frühen Morgen, oder in der späten Nacht, gingen wir schlafen. Nachdem ich aber am vorigen Tag so lange und tief geschlafen hatte, fiel mir das Einschlafen sehr schwer. Und ich hatte Angst vor einem weiteren Albtraum. Neben mir hörte ich Eresz zwar gleichmäßig atmen, aber ich war mir sicher, dass auch er wach dalag und in das heller werdende Zimmer starrte. Wir lagen Rücken an Rücken, aber redeten kein Wort, als wollten wir den anderen nicht bei diesem neuen »Ich tue so als ob ich schlafe«-Spiel stören.

Irgendwann, zwei Stunden bevor wir aufstehen mussten oder so, glitt ich in einen unruhigen Schlaf. Man sollte ja meinen, ich träumte davon, verfolgt zu werden, aber stattdessen träumte ich wirres Zeug, an das ich mich nach dem Aufwachen nicht mehr erinnern konnte.

Im Flugzeug saßen wir beide mit Rändern unter den Augen und gähnten ständig. Wir steckten uns die ganze Zeit gegenseitig damit an und mein Kopf fiel immer wieder zur Seite. Mal zum Fenster, mal Richtung Eresz, aber ich schreckte immer wieder auf und die kurze Zeit, in der wir flogen, lohnte sich irgendwie auch nicht zum Schlafen. Wir kamen noch nicht mal auf Maximalhöhe, da kündigte der Pilot im schönsten schottischen Englisch die Landung an.

»Die Städte werden jetzt immer kleiner und Stac an Armin ist nicht mehr als ein Felsbrocken«, erklärte Eresz und kaufte uns im Flughafen einen Kaffee.

Wir fuhren mit einem kleinen Bus und der Hälfte der Leute, die mit uns im Flugzeug gesessen hatten, Richtung Portree. Von da erwischten wir zum Glück noch den letzten Bus nach Uig. Es war nur ein kleines Dorf mit einer Herberge an jedem Ende.

In einem bekamen wir noch ein Zimmer, was eigentlich ein Einzelzimmer war, aber der Mann an der Rezeption erklärte, einer von uns könne auch auf dem Sofa schlafen – ausnahmsweise, und wir sollten's keinem verraten. Das war zumindest das, was ich aus seinem Nuscheln herauszuhören glaubte. Außerdem fragten wir ihn nach der ersten Fähre, die schon morgens um neun fuhr.

Als wir in das Zimmer kamen und ich mich erschöpft auf das Bett setzte, zog eine schwarze Wolkenfront in Sekundenschnelle den sternenklaren Himmel zu und der ohrenbetäubenden Donner riss mich in die Höhe.

Eresz trat ans Fenster und seine Miene verfinsterte sich. Er griff wie im Reflex nach dem Dolch, aber in Rom hatte er sich zwischen über die Mauer klettern und ins Taxi steigen irgendwie seiner Waffen entledigt. Das schien ihm nun gar nicht zu gefallen. Mir auch nicht, ehrlich gesagt. Ich hatte mich daran gewöhnt, dass er immer eine Waffe dabeihatte, um uns im Notfall zu verteidigen. Na ja, mich. Ohne mich müsste er sich nicht verteidigen.

Ich biss mir auf die Lippe, als mich ein leiser Anflug von schlechtem Gewissen überkam. Das war ein mir neues Gefühl, ich konnte mich nicht daran erinnern, je ein schlechtes Gewissen gehabt zu haben. Er drehte sich zu mir um.

»Mach dir keine Gedanken. Sie kommen nicht herein, das können sie nicht. Oder dürfen nicht«, sagte er.

»Die halten sich an Regeln?« Ich lächelte schwach.

»Sie müssen. Glaube ich. Keine Ahnung, hab noch nie mit einem persönlich gesprochen, sie waren meistens tot, wenn sie mir so nah waren«, erklärte er grinsend.

»Siehst du, das ist ein Fehler. Vielleicht sind sie ja ganz lieb und ihr missversteht euch einfach nur.«

»Was hat dich darauf gebracht? Ihre Fähigkeit, dir qualvoll das Leben auszusaugen? Oder waren es die Löcher in Fleisch brennenden Kugeln?«

»Eine Mischung aus beidem, glaube ich«, grübelte ich laut und wir konnten nicht mehr ernst bleiben.

Das Lachen tat gut und es war, als wäre das Eis gebrochen, denn wir konnten kaum mehr damit aufhören. Mir fiel auf, als ich mich einigermaßen beruhigt hatte, was für ein schönes Lachen Eresz hatte. Es ließ mir einen Schauder den Rücken hinabwandern.

Ich hatte mich aufs Bett zurückfallen lassen, was wirklich schmal war und Eresz lungerte auf der Couch herum, die irgendwie zu kurz für ihn aussah. Ich seufzte.

»Ich schlafe auf dem Sofa«, bot ich ihm höchst motiviert an.

Er winkte ab. »Meine Mutter hat mich gut erzogen, ich überlasse dir das Bett.«

»Echt, hat sie?«, spottete ich. »Aber, nein. Im Ernst. Du bist zu groß für die Couch. Du musst wirklich kein Gentleman sein.« Um meine Worte zu unterstreichen, erhob ich mich und stellte mich mit demonstrativ verschränkten Armen vor ihm.

Er seufzte übertrieben. »Ich beuge mich der weiblichen Gewaltherrschaft.«

Mit einem zufriedenen Gesichtsausdruck warf er sich aufs Bett und streckte sich, während ich die Wolldecke von der Sofakante ausbreitete und mich darunter kuschelte. Sogar mir war das Sofa ein Stück zu klein, aber wenn ich die Beine ein wenig anzog, ging es. Und im Moment war ich so müde, ich hätte sogar auf dem Teppichboden geschlafen. Eresz sagte noch irgendetwas, aber das hörte ich schon nicht mehr. Vielleicht würde ich das ab jetzt immer so machen; eine Nacht wach bleiben, eine Nacht schlafen ...

Eresz rüttelte mich an der Schulter. »Aufstehen, Maggie.«

Ich hatte das Gefühl, erst vor fünf Minuten eingeschlafen zu sein und rollte mich auf die andere Seite, mit dem Rücken zu ihm.

»Es gibt Frühstück und danach müssen wir auch los. Wir laufen zur Fähre und sollten pünktlich da sein.«

Ich setzte mich murrend auf. Seinen Handywecker hatte ich nicht mal klingeln hören.

Das Frühstück im kleinen Speisesaal – und wenn ich sage klein, meine ich wirklich richtig klein – hatte zwar keine große Auswahl zu bieten, aber es war ganz lecker. Es gab Toast mit Orangen- oder Erdbeermarmelade, Rührei, das aber schon kalt war, und Porridge mit frischen Früchten. Davon aß ich zwei riesige Portionen, denn wenn ich noch eins lernen sollte, dann, dass Schotten Porridge konnten. Richtig gut konnten.

Die Herbergsbesitzerin, die um die wenigen Gäste, die so früh wach waren, herumwuselte, war ganz entzückt über meinen Appetit und erklärte mir sogar, wie man ein gutes Porridge machte. Mein immer noch schlafendes Gehirn verstand zwar nur die Hälfte, aber es war eine nette Geste. Ich musste wirklich zugeben, dass es schon einige nette Menschen gab, was meine Meinung über diese Wesen ein wenig ins Wanken brachte. Andererseits gab es aber auch solche wie die Betrunkenen an meinem ersten Abend. Oder die Leute, die auf Unschuldige schossen und ganze Straßenzüge in die Luft jagten.

Als Engel und auch als Dämon fühlte man sich den Menschen wahrscheinlich leicht überlegen. Aber waren wir nicht ähnlich? Auch bei uns gab es Leute wie Samuel, die lieb und nett waren und hilfsbereit. Und dann gab es welche wie Maria oder die Mitglieder der Jagd.

Nach dem Frühstück bezahlten wir das Zimmer und gingen durch das erstaunlich lebhafte Örtchen. Die Einwohner waren zumindest schon wach und gingen ihren Geschäften nach. Der Weg zum Hafen war nicht schwer zu finden und dann sah ich tatsächlich zum ersten Mal das Meer.

Ich hörte die Brandung rauschen, die Wellen plätscherten leise an die Hafenmauer und es ging ein frischer, salziger Wind. Ich zog die Jacke fröstelnd enger um mich herum, aber starrte dennoch fasziniert auf das dunkle Wasser.

»Ich mag das Meer auch sehr gerne«, gestand Eresz, als wir nebeneinander direkt am Rande der Hafenmauer standen und darauf warteten, dass wir auf die Fähre steigen konnten. »Das Mittelmeer ist noch einmal ganz anders. Es ist viel ruhiger und an den richtigen Orten sehr blau. Und deutlich wärmer.«

»Das würde ich gerne einmal sehen«, sagte ich leise und schluckte, da mir in diesem Moment bewusst wurde, dass die Wahrscheinlichkeit gar nicht so hoch war. Würde ich je die Chance dazu haben? Aus den Augenwinkeln sah ich, wie Eresz sich durch die Haare fuhr, was er oft machte, wenn er nervös war.

»Das wirst du. Ich werde es dir zeigen«, versprach er.

»Du setzt mich also nicht irgendwo an einem gottverlassenen Ort ab, sobald die Jagd besiegt ist?«, fragte ich und meine Stimme klang unsicher und belegt und nicht halb so spitz und mutig, wie ich gehofft hatte.

»Nein.«

Ich wagte es nicht, ihn anzusehen. Seine Stimme hatte sanft geklungen und wie ein Versprechen. Meine Gedanken drehten sich sowieso schon im Kreis und hätte ich ihn angeschaut, hätte er vielleicht all die Gefühle in meinem Blick gesehen, die ich nicht einmal selbst einordnen konnte. Also blieben wir schweigend nebeneinander stehen und zumindest ich genoss den Anblick des Meeres, das beruhigende Rauschen der Wellen, was mir half, das Chaos in mir zu lindern.

Eine Viertelstunde später konnten wir auf die Fähre. Es kamen nicht mehr sonderlich viele und wir legten ab.

Schnell stellte ich fest, dass das Meer zwar hübsch aussah, aber es irgendwie nicht so toll war, darauf herumzufahren. Es war ein einziges Auf und Ab. Bedingt durch den hohen Wellengang hatte ich das Gefühl, wir würden vom Mount Everest in den Grand Canyon fallen, und das alle paar Sekunden, und mein Magen sackte bei jedem auf und ab munter mit. Man konnte keine gerade Linie laufen und um mich nicht noch lächerlicher zu machen, setzte ich mich schließlich auf einen der Stühle im Innenraum und klammerte mich an den Lehnen fest.

Eresz schien der Seegang nichts auszumachen, er holte sich von dem kleinen Schiffskiosk was zu essen und was zu trinken und bot mir mit übertriebener Freundlichkeit etwas an. Ich nippte nur etwas an dem Wasser, dann lehnte ich mich stöhnend zurück, während mir Eresz ganz entspannt gegenübersaß.

Ein gönnerhaftes Grinsen huschte über sein Gesicht. Oh, ich *hasste* ihn manchmal.

»Wenn du kotzen musst, tu mir den Gefallen und mach's nicht in meine Richtung«, bat er sogar noch, aber mir fehlte sogar die Kraft, ihn anzumeckern.

Mir kam die Fahrt endlos vor, Stunde um Stunde schien zu vergehen, die Berge wurden höher und die Täler steiler. Wann immer einer der wenigen anderen Passagiere die Tür öffnete oder schloss, fuhr ein kalter, schneidender Wind in den Innenraum und ließ mich frösteln. Das immerhin schien Eresz' Sorge zu wecken.

»Wir müssen dir dringend wärmere Sachen besorgen, wenn wir in Lochmaddy sind«, stellte er mit gefurchter Stirn fest. »Auch im Sommer wird es auf den Inseln nicht gerade kuschelig warm.«

»Was du nicht sagst«, erwiderte ich knapp. Ich hatte Angst, wenn ich zu viel redete, würde mir das Frühstück wieder hochkommen.

»Wir finden bestimmt eine wunderschöne Schafsfelljacke für dich.«

Ich öffnete ein Auge und blinzelte ihn finster an. Hu, das beeindruckte ihn sicherlich, ich sah bestimmt zum Fürchten aus. Er lachte nur.

Irgendwann, nach ewigen, ewigen Zeiten, legten wir in Lochmaddy an und ich war so schnell vom Schiff runter, dass Eresz kaum hinterherkam. Vielleicht ließ er sich aber auch extra viel Zeit, um mich zu ärgern.

Gefühlt war es hier an dieser Küste noch kälter als an der anderen. Als wären wir nicht gen Nordwesten, sondern geradewegs zum Nordpol gefahren. Es machte auch keinen Unterschied, dass die Sonne sogar hinter der einen oder anderen Wolke hervorlugte, was Eresz zum Anlass nahm, sich die Sonnenbrille aufzusetzen. Schwächling.

Aber ich sagte es lieber nicht laut, denn der einzige Grund, warum wir überhaupt tagsüber unterwegs waren, war ich. Nachdem das Gewitter letzte Nacht fast die ganze Zeit wie ein Henkersbeil über uns geschwebt hatte, hatten wir uns darauf geeinigt, dass ich nach Sonnenuntergang nicht einmal mehr die Nasenspitze aus einem Haus halten sollte.

Wir gingen erst einmal in Richtung Dorf. Das Laufen tat mir ganz gut, dann ging die Übelkeit schneller weg und der Wind war angenehm erfrischend.

»Meinst du, wir schaffen es noch bis heute Abend nach Stac an Armin?«, fragte ich nervös.

»Ich weiß nicht«, gestand Eresz. »Wir müssen uns erst einmal ein Auto nach Baleloch besorgen, die Fahrt dauert ungefähr eine halbe Stunde. Von da aus sind es circa 13 Kilometer bis nach Haskeir und ich *weiß*, dass es von da eine geheime Passage bis zu den St. Kilda

Inseln gibt und von dort aus steht uns ein Hubschrauber zur Verfügung. Die Frage ist, wie wir bis nach Haskeir kommen.«

»Fliegen«, murmelte ich abwesend und mehr scherzhaft gemeint – aber Eresz blieb ruckartig stehen und starrte mich verblüfft an.

»Klar! Warum bin ich da nicht selber drauf gekommen. Maggie, du bist ja doch zu was zu gebrauchen«, erklärte er feierlich und wich meinem Schlag aus.

»Schaffst du das denn?«, fragte ich nach, als mir dämmerte, welche Idee er in seinem hübschen Köpfchen ausbrütete.

Er zuckte lässig mit den Schultern. »Natürlich. Es sind ja nur 13 Kilometer und Haskeir ist unbewohnt, also müssen wir uns da keine Gedanken machen, dass mich jemand landen sieht. Solange ich beim Losfliegen vorsichtig bin. Und du bist ja jetzt auch nicht *so* schwer.«

»Also bin ich nur ein halber Elefant …«

Statt ein klein wenig zerknirscht zu gucken, lachte er mich nur aus.

»Frechheit«, murmelte ich.

Auf einmal kam ein Fischer auf uns zu. Er trug Ölhosen und einen dicken Pullover, außerdem eine löchrige Mütze auf dem Kopf.

»Hab gehört, auf dem Schiff vorhin, dass ihr nach Baleloch wollt?«, fragte er und nahm einen tiefen Zug von seiner Zigarette. Gnädigerweise atmete er den Rauch nicht direkt in mein Gesicht.

Eresz nahm eine wachsame Haltung ein und schob sich, ob bewusst oder unbewusst, ein Stückchen vor mich. Der Fischer ließ durch keine Regung in seinem stoppeligen Gesicht erkennen, ob er die Geste bemerkte.

»Ja, das stimmt«, sagte Eresz langsam. Was sollte er da auch groß leugnen?

Der Fischer warf die Zigarette zu Boden und drückte sie mit dem Fuß aus. »Kann euch hinbringen. Muss in die Nähe, wisst ihr? Glaube nicht, dass ihr hier ein Auto findet und auf so einer kleinen Insel muss man sich ja helfen. Ihr seid nicht von hier, was?«

»Nicht direkt«, antwortete Eresz ausweichend.

Der Fischer grinste. »Hab ich mir gedacht. Ich bin Norris MacDowell«, stellte er sich vor und streckte Eresz die Hand entgegen.

»Eresz de Luca«, antwortete er und ich versuchte mir meine Verwirrung nicht anmerken zu lassen.

In Eresz' Pass stand ein anderer Nachname und auf seinem Schild in Paris hatte ein noch anderer gestanden. Ich fragte mich, ob einer von denen sein richtiger Nachname war.

Mr MacDowell sah mich erwartungsvoll an. Auch ich schüttelte seine Hand, und weil ich keine 300 Nachnamen zur Verfügung hatte nahm ich den, der auf meinem Pass stand: »Maggie Dubois.«

»Wollt ihr sofort fahren?«, fragte er und zündete sich eine neue Zigarette an.

Eresz warf meiner dünnen Jacke einen Blick zu. »Ne, wir besorgen ihr noch eben was Wärmeres zum Anziehen. Gibt es hier in der Nähe einen Laden?«

MacDowell kratzte sich am Kopf. Einer seiner Freunde, oder Kollegen, oder was auch immer, der den letzten Teil des Gespräches mitbekommen hatte, rief uns zu: »Ja, doch, bei Tante Anne gibt's was. Zwei Straßen weiter rechts.«

Wir dankten und verabredeten uns mit ihm eine Stunde später am Hafen.

Der Laden hieß tatsächlich Tante Anne und wurde von einer alten Dame geführt. Ob sie wirklich besagte Tante war, fand ich aber nicht heraus. Als sie mich in meiner dünnen Jacke im Laden herumstreichen sah, schalteten sich aber wohl ihre Mutterinstinkte – oder Tanteninstinkte – ein, denn sie stürzte sich auf mich und überschwemmte mich mit einem Schwall kaum zu verstehender Worte.

Dann zeigte sie mir ihre ganze Kollektion aus warmen Pullovern und Jacken und Fellstiefeln, Mützen, Handschuhen und Schals. Eresz stand in einer Ecke und lachte hinter vorgehaltener Hand. Die

Schafsfelljacke bekam ich dann auch tatsächlich, außerdem noch einen Pullover, Stiefel und Hemdchen zum Drunterziehen. Langsam füllte sich mein Kleiderkoffer. Den Pullover ließ ich gleich an.

Wenn ich so unsere zwei Koffer betrachtete, stellte sich mir aber die Frage, wie Eresz die und mich nach Haskeir fliegen wollte. Er war zwar nicht ganz schwach, aber das war schon ein ordentliches Gewicht, was da auf ihn zukam.

»Meinst du, du kannst das alles tragen?«, fragte ich. Wir hatten immer noch eine Viertelstunde und suchten uns am Hafen etwas zu essen.

»Darüber habe ich auch schon nachgedacht. Ich habe überlegt, ob wir uns in der Nähe ein Zimmer mieten und die Sachen dalassen und nur das Nötigste mitnehmen. Ich hol die Sachen dann später nach.«

»Klingt aufwendig.«

»Vielleicht nimmt uns der gute Norris ja in seinem kleinen Fischerbötchen mit. Du denkst, die Fähre hat schon geschwankt? Dann werden das die längsten 13 Kilometer deines Lebens werden«, prophezeite mir Eresz.

Na ja, wenn er meinte, konnte er meinen Koffer ja gerne nachholen. Ich wollte mich hier ja nicht beschweren, ich wollte nur produktiv sein!

»Fischbrötchen?«, fragte Eresz unvermittelt und zeigte auf einen kleinen Stand, der zwar aussah, als könne er bei einem kräftigen Windstoß umkippen, aber mit der rot-weiß gestreiften Markise einladend wirkte. »Damit es besonders viel Spaß macht, wenn es wieder rauskommt.«

»Frisch gefangen«, erklärte uns die Verkäuferin.

Argwöhnisch betrachtete ich den Fisch auf meinem Brötchen. Nee. Zuckte nicht mehr. Alles gut.

Dann war es auch schon Zeit, dass wir uns mit MacDowell trafen. Er führte uns zu seinem Auto, eine alte Klapperkiste, die Geräusche von sich gab wie eine sterbende Robbe.

Eresz hatte sich nach vorne neben den Fischer gesetzt und ich musste notgedrungen einen Platz auf der Rückbank freischaufeln. Überall lagen Zeitungen, Stiefel flogen im Fußraum herum und machten zusammen mit den Kartoffeln lustige Geräusche. Irgendwann war wohl auch mal eine Packung Mehl aufgeplatzt, denn ein Teil der Fußmatten war noch hübsch weiß. Und es roch nach nassem Hund. Vielleicht lag das aber auch an den Schafsfellen, die neben mir aufgestapelt lagen und wohl schon lange nicht mehr gelüftet worden waren.

Eigentlich dauerte die Fahrt wohl nur eine halbe Stunde, aber entweder fuhr MacDowell sehr langsam oder sehr große Umwege oder beides. Wir brauchten nämlich eine Stunde bis Baleloch.

Auch wenn es noch früh war, sah ich immer wieder zum Himmel hinauf. Ich traute diesem »Die Jagd ist nur nachts unterwegs« irgendwie nicht. War ja auch ein dämliches Konzept. Eigentlich. Eresz drehte sich zu mir um und lächelte schief, als könne er meine Gedanken lesen.

»Danke, dass Sie uns mitgenommen haben«, sagte er, als wir ausgestiegen waren.

»Kein Problem«, MacDowell lächelte uns zu, mit der gefühlt zehnten Zigarette im Mundwinkel, die er sich eine nach der anderen angezündet hatte. Langsam mussten sie ihm doch ausgehen. »Die ganze Insel hier lebt vom Tourismus, dieses Jahr ist's aber rar. Habt vielleicht also Glück mit einem Zimmer.«

»Wir werden schon was finden«, erwiderte Eresz. »Wiedersehen.«

»Machts gut ihr beiden!« Hupend fuhr er davon, das Auto ächzte und klapperte.

Wir fragten uns ein bisschen durchs Dorf durch, das noch kleiner war als Lochmaddy, und fanden eine winzige Pension. »Bed and Breakfast« stand auf einem Schild an der Tür. Wir mieteten uns ein und blieben nur so lange in dem kleinen niedlichen Zimmerchen, wie es brauchte, um ein paar Sachen aus den Koffern in einen Rucksack zu packen. Den Rest würde Eresz nachholen.

Dann verließen wir die Pension und wurden von den neugierigen Augen unserer Vermieterin verfolgt. Aus einem Anflug von Paranoia heraus gingen wir ein ganzes Stück an der Steilküste entlang, bis das Dorf mehrere Hundert Meter hinter uns lag.

Erst dann schloss Eresz die Augen und wieder spürte ich, wie sich die Luft elektrisch auflud. Meine Augenlider wurden schwerer und ich sog den Duft von Heidekraut und Meer tief ein, um meinen Herzschlag zu beruhigen. Als ich die Augen wieder schwerfällig öffnete, hatte Eresz die Flügel ausgebreitet.

Erst jetzt konnte ich sie wirklich … bewundern. Ja. Bewundern war das richtige Wort. Die schwarzen Federn absorbierten das trübe Licht des verhangenen Mittags, jegliche Helligkeit, sodass sie dunkel wie die Nacht waren und vor meinen Augen zu verschwimmen schienen.

Ich erwartete, dass sich Eresz darüber lustig machte, wie ich ihn mit offenem Mund angaffte, doch stattdessen griff er nach meiner Hand und legte sie auf einen der Flügel. Sie waren weich, aber man konnte die Kraft spüren, die in ihnen steckte. Ich sah zu ihm auf, er erwiderte meinen Blick mit einem merkwürdigen Ausdruck in den Augen und mir stockte der Atem.

Eine ganze Weile standen wir so, dann blies mir ein plötzlicher Wind die Haare ins Gesicht und ich versuchte hektisch, sie aus meinem Mund auszuspucken. Eresz lachte und der Bann war gebrochen.

»Du weißt, dass ich dich in den Armen tragen muss, oder?«

»Ich hatte es erfolgreich verdrängt«, antwortete ich seufzend und ließ mich von ihm hochheben.

Er stieß sich vom Boden ab, mit kraftvollen Flügelschlägen gewann er erst einmal an Höhe, bevor er Richtung Meer flog. Es war eisig kalt, aber die Nähe zu Eresz spendete wenigstens ein klein wenig Wärme. Unwillkürlich drückte ich mich enger an ihn und vielleicht genauso unwillkürlich hielt er mich fester.

Erstaunlicherweise hatte ich überhaupt keine Angst, dass er mich fallen ließ und das war doch verrückt. Ich vertraute nichts und niemandem, aber ihm offensichtlich schon. Wie oft hatte mein Leben in den letzten Tagen in seinen Händen gelegen? Ich dachte lieber nicht darüber nach.

10. KAPITEL

Eresz

Der Flug war anstrengender als gedacht. Man sollte dazu vielleicht sagen, dass ich meine Flügel nicht oft benutzte und schon gar nicht über dem offenen Meer bei einer gefühlten Windstärke von zehn.

Maggies Lippen waren mittlerweile blau angelaufen, als die Insel endlich in Sicht kam. Die Orte, die wir aufsuchten, wurden immer kleiner, und das, was sich unter uns befand, war echt winzig. In einer Großstadt fühlte ich mich sicherer, auch wenn es nicht schöner war, aber man konnte mit der Menge verschmelzen. Hier jedoch würde sich Norris MacDowell an uns erinnern. Die Verkäuferin in dem Laden in Lochmaddy. Unsere Vermieterin. Das machte mir Sorgen.

Haskeir war unbewohnt, wenn man von dem Bewacher des Kanals absah – unsichtbar für Menschenaugen, aber denen fiel eh die Hälfte der Dinge nicht auf, die um sie herum geschahen. Lächerlich.

Ich landete vorsichtig und stellte Maggie auf die Füße, hielt sie aber fest, denn ich war mir nicht sicher, ob ihre vor Kälte zitternden Glieder sie auf den Beinen halten würden. Ihre Zähne klapperten hörbar aufeinander und sie brachte kaum einen Ton hervor.

»G-g-geht s-s-s-schon«, stotterte sie schließlich und wand sich aus meinem Griff.

Ich warf ihr ein vielsagendes Grinsen zu. Irgendwie fühlte sich das falsch auf meinem Gesicht an. Und irgendwie wollte ich etwas ganz anderes tun als grinsen. Ja. Lassen wir das.

Es dauerte gar nicht lange, bis ich Schritte durch den heulenden Wind hörte und ein Mann auf uns zukam. Es sah merkwürdig aus, denn er schien sich aus einem Nebel zu schälen, der gar nicht da war. Der Mann, der sich vor uns aufbaute, war nicht nur einen halben Kopf größer als ich, sondern auch doppelt so breit, was ihn mehr oder weniger zu einem Riesen machte. Er betrachtete erst mich und meine schwarzen Flügel und nickte befriedigt. Dann fiel sein Blick auf Maggie und seine Augen verengten sich.

»Wer ist sie?«, knurrte er.

»Sie gehört zu uns«, antwortete ich. Er war nur ein Mensch, vielleicht mit einigen Tropfen Dämonenblut und im Prinzip hatten sie uns zu gehorchen. Wir bezahlten und beschützten sie und sie hatten sich uns verschworen.

Er verschränkte die Arme vor der breiten Brust. »Ich lasse euch nicht passieren, wenn ich nicht die ganze Geschichte kenne.«

Ich seufzte. Damit hatte ich gerechnet. »Gut, können wir irgendwo hingehen?«

Er bedeutete uns mit einem kurzen Nicken ihm zu folgen, zu einer kleinen, etwas windschiefen Hütte. Im Inneren war es einigermaßen warm und windgeschützt.

»Ric«, stellte er sich knapp vor.

»Eresz«, erwiderte ich ebenso knapp und kühl. »Und das ist Maggie.«

Maggie schien langsam aufzutauen, aber ihre dunklen Augen waren misstrauisch auf Ric gerichtet und sie sagte kein Wort. Wir setzten uns an den Tisch, und als Maggie auf meinen fragenden Blick hin den Kopf schüttelte, erzählte ich.

»Sie ist vor einigen Tagen in Paris aus dem Himmel gefallen. Die Jagd hat sofort ihre Spur aufgenommen. Sie sollte im Himmel schon festgesetzt und verbannt werden. Sie hat sich geweigert. Am Abend haben wir festgestellt, dass sie ein Halbdämon ist. Im Mondlicht wandelt sie sich«, erklärte ich knapp und ließ die interessanten Details wie tragische Prophezeiungen und den möglichen Weltuntergang aus. Mehr musste er nicht wissen.

Ric sah immer noch misstrauisch aus, aber da Maggie so dunkle Augen hatte, konnte er unsere Geschichte nicht gleich als Lüge bezeichnen.

»Warten wir bis zum Abend, dann kann sie es ja beweisen«, sagte er schließlich.

Ich schlug mit der flachen Hand auf den Tisch und das Holz splitterte, als sich meine Finger hineingruben. »Das werden wir nicht. Du lässt uns passieren, Mensch, du hast kein Recht, zwei Dämonen von den Kanälen fernzuhalten.«

Die Zurschaustellung meiner dämonischen Kräfte schien Ric ein wenig einzuschüchtern. Daher spielte ich die nächste Karte aus:

»Dieses Haus zählt wohl kaum als menschliche Behausung und deswegen wird es die Jagd nicht aufhalten. Und du willst doch nicht, dass sie etwas von dem Kanal erfahren, oder?«

Das schien den Ausschlag zu geben. Er wurde zwar nicht freundlicher, eher im Gegenteil, aber er führte uns aus der Hütte hinaus zu dem Eingang des Kanals.

»Du weißt ja wohl, wie man damit umgeht«, brummte er und funkelte mich wütend an.

Ich machte eine sehr unhöfliche und abwertende Handbewegung und er stapfte davon. Maggie sah mich mit großen Augen an.

»Der war aber nicht sehr nett«, stellte sie fest und ich schnaubte.

»Nicht wirklich.«

»Gegen den bist du ja der reinste Gut... äh, Dämon«, fuhr sie fort und ihre Augen funkelten vor Schalk.

Ich drehte mich besser um. Ja. Das war eindeutig besser, sonst kam ich noch auf dumme Gedanken. Ich deutete auf den sanft schimmernden, frei in der Luft schwebenden Kanal.

»Reinsteigen, entspannen und langsam loslaufen. Der Rest geht von alleine«, erklärte ich knapp und ließ ihr den Vortritt.

Sie warf dem Kanal einen argwöhnischen Blick zu und tat dann wie ihr geheißen, ich folgte ihr. Es war ein merkwürdiges Gefühl, als würde man auf einem sehr schnellen, vorwärts laufenden Band auch noch selber laufen. Man brachte in einem einzigen Schritt viele Meter hinter sich, während über uns die Wolken entlangflogen und sich unter uns die schäumenden Wellen türmten. Trotzdem – 40 Kilometer waren viel und es dauerte seine Zeit, bis wir in Hirta ankamen. Dort stand schon eine mir wohl bekannte Person, die mich mit breitem Grinsen begrüßte.

»Eresz, hast es also die ganze Zeit überlebt und nicht daran gedacht, mir mal eine Karte zu schicken«, sagte Tobias vorwurfsvoll. Er sah immer noch genauso aus wie vor sieben Jahren. Er war auch ein Halbdämon, aber mehr ein Mensch als ein Dämon. Dennoch alterte er ein wenig langsamer als seine Artgenossen.

Ich erwiderte das Lächeln. »Ich schreibe keine Karten.«

»Vielleicht kannst du einfach nicht schreiben«, antwortete er breit grinsend.

»Stimmt, ich habe ihn noch nie schreiben sehen«, warf Maggie ein und sah mich unschuldig unter langen Wimpern an. Dieses Mädchen würde noch mein Tod sein.

Tobias wandte sich ihr zu und musterte sie mit verhaltenem Interesse, sein Blick blieb an ihren Augen hängen. »Kommt erst mal rein und dann könnt ihr mir ja vielleicht erzählen, was ihr hier tut.«

In der Hütte kochte er Kakao und Kaffee und außerdem gab's noch Toast mit Marmelade. Eine willkommene Mahlzeit, denn wir waren ein wenig ausgehungert. Aber nur ein ganz kleines bisschen. Er ließ uns in Ruhe essen und aufwärmen, und als wir fertig waren und sogar ich satt, lehnte Tobias sich mit der Tasse in der Hand zurück.

»Also, wer ist deine Freundin?«

»Ich bin nicht seine Freundin!«

»Sie ist nicht meine Freundin«, protestierte ich zeitgleich.

Tobias zog die Augenbrauen hoch. »Na fein. Was auch immer ihr sagt«, winkte er ab und sah mich erwartungsvoll an.

»Das ist Maggie. Sie ist ein halber Engel, wie du mit Sicherheit schon festgestellt hast.«

»Ich dachte es mir, aber ich konnte es nicht glauben. Wo hast du dich versteckt gehalten die ganzen Jahre über?«, er wandte sich an Maggie. Dann fiel ihm etwas Wichtiges ein.

»Ach, übrigens, ich bin Tobias. Der Archivar von Stac an Armin«, stellte er sich vor.

So war er. Mit der Tür ins Haus fallen und dann erst kontrollieren, ob es überhaupt die richtige Tür war. Sie schüttelte seine Hand.

»Maggie. Und ich habe mich nicht versteckt, außer in den letzten Tagen. Ich bin gefallen. Na ja, gesprungen ...« Sie hielt inne und warf mir einen fragenden Blick zu.

»Du kannst ihm alles erzählen, er ist vertrauenswürdig«, beruhigte ich sie.

»Ich habe ein Gespräch belauscht, zwischen Maria, einer der Oberen, und dem Bezirksaufseher. Sie haben davon gesprochen, mich einzusperren. Mich fallen zu lassen. Weil meine Anwesenheit das Licht der Quelle vergifte. Ich hab das zwar noch nicht verstanden, aber ich wollte nicht ins Gefängnis. Also bin ich geflohen«, erzählte sie mit selbstbewusster, schon fast gleichgültiger Stimme, aber weil ich sie nun schon einige Tage kannte, wusste ich, dass sie ihre Nervosität dahinter verbarg, sich an ihren Fingern zu ziehen.

Tobias schien einen Moment sprachlos. Es war nicht üblich, dass ein Engel der Jagd so lange entkam, seine Ungläubigkeit sprach Bände. Eine Nacht, höchstens. Danach war normalerweise Schluss mit lustig.

»Und seitdem versteckt ihr euch? Ihr seid von Paris aus hierhergekommen, ohne entdeckt zu werden?«, fragte er ungläubig.

»Wir haben vielleicht keinen direkten Weg genommen«, gab ich zu und Tobias forderte mich mit einer Handbewegung auf fortzufahren.

»Wir sind nach Rom geflogen und in die Archive des Vatikans eingebrochen, weil wir eine Möglichkeit finden wollten, die Jagd abzuwenden. Da haben wir die Chroniken der Engel gefunden und gestohlen, auf dem Rückweg sind wir in eine Gruppe Kämpfer und einen Engel reingelaufen. Dann sind wir zum Flughafen geflohen und *dann* sind wir nach Schottland gekommen«, ratterte ich herunter und Tobias klappte der Mund mehrmals auf und zu.

Wow, beeindruckend. So sprachlos hatte ich ihn noch nie erlebt.

»Nicht euer Ernst«, sagte er schließlich.

»Doch, doch«, versicherte ihm Maggie vergnügt. »Möchtest du es sehen? Das Buch?«

Tobias nickte benommen und grinsend schob ich Maggie den Rucksack rüber. Sie kramte darin herum und ließ das Buch dann auf den Tisch fallen. Die goldenen Lettern funkelten im Licht der nackten Glühbirne und Tobias zögerte einige Sekunden, ehe er das Buch vorsichtig berührte. Als hätte er Angst, es würde ihn verbrennen oder der Himmel würde ihm auf den Kopf fallen.

»Habt ihr etwas gefunden?«, fragte er schließlich und schien erst einmal seinen Schock zur Seite zu schieben.

»Ja.« Maggie schlug die Seite auf, wo wir die Geschichte über die Entstehung der Jagd gefunden hatten, und drehte das Buch zu ihm herum.

Mit den Augen überflog er die Seite. Und dann noch einmal. Und noch einmal.

»Dann ist mir jetzt auch klar, was ihr hier wollt«, sagte er schließlich. »Ich kann euch nicht versprechen, dass ihr etwas darüber findet. Die Archive hier sind nicht die Größten.«

»Aber die Ältesten«, gab ich zu Bedenken. »Und das ist sehr alt. Zeig ihm noch das andere, das wir gefunden haben«, forderte ich

Maggie auf, die weiter nach hinten zu den Prophezeiungen blätterte.

»Glaubst du, da ist was dran?«, fragte ich Tobias, der eine Hand hochhielt und zu lesen begann.

»Es klingt, als könnte es wahr sein«, gab er zu. Seine Stirn runzelte sich in Sorgenfalten. »Ich bin mir sogar recht sicher, dass es wahr ist. Es würde zu einigen Daten passen, die wir alle in den letzten Jahren gemessen haben ... Aber es würde auch heißen, dass die anderen Dämonen noch leben.«

Als er vom Buch aufsah, leuchten seine Augen. Unsere Blicke kreuzten sich und in mir breitete sich ein elektrisierendes Gefühl aus. Wir waren nicht alleine. Es gab noch Dämonen, einen ganzen Haufen sogar. Unser Volk lebte noch, und wenn wir es richtig anstellten, würde es aus der Gefangenschaft befreit werden.

»Maggie hat das gefunden, ich habe nicht wirklich daran geglaubt, dass die Visionen und Prophezeiungen von Nutzen sein könnten«, klärte ich Tobias auf und er strahlte Maggie an.

Sie wickelte sich etwas peinlich berührt eine Haarsträhne um den Finger und sagte nichts. Niedlich. Nein. Nicht. Niedlich. Gehirn, gib dir etwas mehr Mühe.

»Dann werde ich euch natürlich helfen. Es sollte doch gelacht sein, wenn wir in den Archiven nicht etwas finden.«

»Auf einmal so optimistisch?«, fragte ich misstrauisch.

»Na ja, ich hatte vorher nicht wirklich einen Anreiz, aber mit diesen Aussichten, wenn ihr Erfolg habt ...« Tobias zwinkerte mir zu, als Maggie mich am Ärmel zupfte.

»Hm?«, machte ich und sah sie fragend an.

»Zählt das hier als Haus-Haus?«

»Oh, du mein –«, ich warf einen Blick nach draußen.

Es begann zu dämmern. Es ... begann zu dämmern. Scheiße, über das Wiedersehen mit Tobi hatte ich gar nicht mehr daran gedacht. »Tobias, wir müssen sie ...«

Tobias war schon aufgesprungen. »Kommt, schnell!«

Er riss die Tür auf, stürmte nach draußen und bedeutete uns, ihm zu folgen. Er führte uns quer über die kleine Insel zu einer im Boden eingelassenen Stahlplatte. Gemeinsam hoben wir sie an.

»Es ist keine Zeit mehr, euch zu den Archiven zu bringen, aber hier ist ein Schutzbunker. Betten, was zu essen ... Da findet ihr alles, um die Nacht zu überstehen. Sie können nicht hinein, aber erschreckt nicht, wenn ihr laute Geräusche hört. Sie werden genau über euch sein«, warnte Tobias.

»Werden sie dann nicht auf dich aufmerksam?«, fragte sie an ihn gewandt. Ihre Augenbrauen waren besorgt zusammengezogen und sie zog wieder stärker an ihren Fingern.

Er lächelte schmal und vor unseren Augen ergrauten seine Haare, tiefe Falten durchzogen sein Gesicht und seine aufrechte Haltung sackte in sich zusammen, bis er gebeugt wie ein alter Mann stand.

»Sie lassen Menschen in Ruhe«, antwortete Tobias mit brüchiger Stimme und deutete auf das dunkle Loch zu unseren Füßen, während sich über ihm der Himmel mit dunklen Wolken zuzog.

»Schnell!«, forderte er uns auf.

Ich ließ Maggie den Vortritt, die sich langsam die Leiter heruntertastete. Als ich sicher war, ihr nicht auf den Kopf zu treten, folgte ich ihr und kurz darauf schob Tobias die Platte wieder über uns und es wurde dunkel.

11. KAPITEL

Magdalena

Ich kauerte in eine Decke gewickelt auf dem Feldbett. Eresz saß mir gegenüber. Er hatte die Pistole griffbereit neben sich liegen und ein Schwert in der Hand, aber so, wie er damit herumspielte, wohl eher, um sich zu beruhigen, als mit der Absicht, es zu benutzen. Genau wie ich warf er immer wieder Blicke nach oben. Es klang, als würde dort ein ganzes Heer über uns hinwegtrampeln. Immer wieder waren ein Schaben und ein Knirschen zu hören. Manchmal meinte ich sogar einen wütenden Schrei zu vernehmen, aber ich konnte mich auch irren.

»Stellst du dir gerade vor, dass du genauso gut in deiner Wohnung in Paris sein und Playstation spielen könntest?«, fragte ich irgendwann betont munter.

»Ach, das wäre doch langweilig«, erwiderte er und zwinkerte mir zu. Mir fiel auf, dass seine braunen Haare in den letzten Tagen etwas länger geworden waren und zum Rasieren war er auch nicht wirklich gekommen. »Nein, mal im Ernst. Was habe ich denn schon großartig gemacht? Ich habe rumgejammert, über die Engel, über mein scheißeinsames Leben, aber was dagegen getan habe ich auch nicht. Waren wahrscheinlich die Menschengene in mir.«

»Was meinst du?«, fragte ich verwirrt.

Eresz zögerte. »Ich … ich habe oft beobachtet, wie sich die Menschen über alles und jeden beschwert haben. Wir wollen mehr Geld, wir wollen dies, wir wollen das. Wir mögen den Politiker nicht, wir wollen dies und das Gesetz haben. Aber was dafür tun? Nein, das sollen bitteschön andere. Mich ändern? Unsinn, ich bin super, die anderen sind schuld.«

Ich lachte. Eresz hatte die verschiedensten Stimmen nachgeäfft und ich konnte es mir sehr gut vorstellen.

»Es gibt einfach zu viele von ihnen«, überlegte ich. »Zu viele, auf die man die Verantwortung schieben kann. Aber ich weiß nicht, ob Engel oder Dämonen viel besser sind.«

Eresz legte den Kopf schief und sah mich an. Er hatte wohl nicht geglaubt, dass ich Engel und Dämonen mit Menschen gleichsetzen würde. Normalerweise würde ich es auch nicht tun, denn alleine bei dem Gedanken bekam ich einen Ausschlag.

»Na, die Engel sagen, die Dämonen sind an allem schuld und andersherum genauso. Man ist nie selber schuldig. Es sind immer die anderen«, erklärte ich, da Eresz schwieg.

»Dann finde ich uns aber ziemlich toll. Wir reißen uns hier den Arsch auf, um alles in Ordnung zu bringen«, sagte er schließlich und ich grinste.

»Ja, wir sind zwei große Ausnahmen.«

Von oben rumpelte es lautstark und ich zuckte zusammen.

»Warum kommen sie hier nicht herein?«, fragte ich und kaute auf meiner Unterlippe. Ich traute der Sache nicht, vor allem, weil Eresz seine Waffen nicht aus der Hand legte.

»Ich glaube, weil das hier von Menschen gebaut wurde«, antwortete Eresz zögernd, was nicht die Antwort war, auf die ich gehofft hatte. »Also, all die Sachen hier sind von Menschen hergestellt worden, was es offiziell zu einer menschlichen Behausung macht. Vielleicht manipuliert Tobias auch regelmäßig Menschen, damit sie hier ein paar Tage verbringen.«

»Ich wünschte, du würdest überzeugter klingen«, murmelte ich.

Eresz stand auf und setzte sich neben mich. Mit dem Schwert deutete er auf den »Eingang«, durch den wir gekommen waren. »Da passt nur einer auf einmal durch. Auch mit zwei von denen komme ich noch klar. Dir passiert schon nichts«, erklärte er selbstbewusst.

Ich drehte den Kopf in seine Richtung und mein Atem stockte, denn im gleichen Moment hatte er sich auch umgedreht und wir sahen uns nun genau in die Augen.

Seine Augen waren wirklich dunkelgrün, vermutlich genauso dunkel wie meine im Moment. Ich war ja nicht ins Mondlicht gekommen, was mich irgendwie maßlos ärgerte in dieser Sekunde. Er hob langsam die Hand und strich mir eine Haarsträhne aus dem Gesicht.

»Ein Jammer«, sagte er leise und seine Stimme sandte mir einen Schauder über den Rücken.

Ich konnte keinen klaren Gedanken fassen. Ich war müde und verängstigt und jetzt war Eresz so nahe und hüllte mich in seinen Geruch ein.

»Was ist ein Jammer?«, fragte ich ebenso leise.

Die Geräusche der Jagd waren in den Hintergrund getreten. Seine Lippen verzogen sich zu einem schiefen Lächeln. »Dass Engel keinen Sinn für Schönheit haben.«

Ich starrte ihn an. Also. Noch mehr als ich es ohnehin schon tat. Wie bitte, was hatte er da gerade gesagt? Ich wusste nicht, was ich sagen sollte.

»War sie hübsch?«, platzte ich heraus und Eresz sah mich verwirrt an.

Wo war die Wand, an der ich meinen Kopf zertrümmern konnte?

»Vergiss es einfach«, murmelte ich und wandte mich ab.

Die Geräusche der Jagd kehrten mit aller Macht zurück und beinahe hätte ich mir die Ohren zugehalten.

»Du meinst Johanna«, sagte Eresz, weil er es natürlich nicht vergaß.

Ich gab einen unbestimmten Laut von mir, der ja oder nein oder lass mich in Ruhe heißen konnte. In seiner Stimme hörte ich Belustigung, was mich ein winziges bisschen erleichterte. Er klang nicht verletzt oder traurig oder so was. Nicht, dass es mich interessierte, wie er sich fühlte. Ganz und gar nicht.

»Ja, das war sie, aber anders. Du hättest sie nicht gemocht«, fügte er hinzu und lachte leise.

Meine Neugierde war geweckt. Er redete nie über sie und bis vor ein paar Tagen hatte ich nicht gewusst, dass es noch andere Engel gegeben hatte, die gefallen waren.

»Sie war so was wie ein Musterengel«, erklärte er und grinste über meinen Gesichtsausdruck.

»Und du bist sicher, dass sie wusste, wer du bist?«, fragte ich verwirrt. Musterengel und eine Freundschaft, oder sogar mehr, mit einem Dämon klang nicht logisch.

»Ja. Du musst nämlich noch etwas wissen. Sie war sehr –Menschen würden gütig sagen. Und einfühlsam und gerecht bis zum Erbrechen. Sie hat mir nie erzählt, weswegen sie geflohen ist. Aber was sie gehört hat, musste sie so sehr verstört haben, dass sie lieber den Tod in Kauf genommen hätte, als weiter bei den Engeln zu bleiben. Ich frage mich, ob das mit dem zusammenhängt, was wir herausgefunden haben«, fügte er nachdenklich hinzu.

»Vielleicht hat sie mitgekriegt, was für Schweine die Oberen sind und wie willkürlich und egoistisch sie sich verhalten«, brummte ich.

Eresz nickte langsam. »Das könnte sein.«

»Wie ... wie lange konnte sie sich verstecken?«, fragte ich schließlich.

Eresz lehnte sich gegen die Wand. »Einen Monat.«

Ich zog die Augenbrauen hoch. »So lange?«

Er lächelte schmal. »Sie hatte deutlich weniger Kampfgeist und Entdeckungsdrang als du. Außerdem war die Jagd längst nicht so eifrig hinter ihr her. Sie haben sie erst nach einer Woche aufgespürt. Es wäre wohl auch weiter gut gegangen, länger als vier Wochen meine ich, aber ...«

Obwohl ich neugierig war, hakte ich nicht nach. Auch mit meinem Einfühlungsvermögen, das dem eines Fisches glich, merkte ich, wie er mit sich kämpfte. Entweder er wollte mir davon erzählen oder nicht. Es gab auch Dinge, über die ich nicht sprechen wollte.

»Wir hatten seit einigen Nächten Ruhe und dachten, sie hätten vielleicht die Spur verloren oder etwas Wichtigeres wäre ihnen dazwischengekommen. Mittlerweile weiß ich natürlich, dass es für die Jagd nichts Wichtigeres gibt, aber na ja ... Wir wurden leichtsinniger und sind an einem Tag länger draußen geblieben. Sie wollten uns die Nächte davor nur in Sicherheit wiegen, denn in dieser Nacht kamen sie mit mehr Engeln. Wie aus dem Nichts waren sie hinter uns.«

Hier verstummte er, was dann geschah, konnte ich mir lebhaft vorstellen.

»Aber wie konnten sie damals nicht schon erkennen, dass du ein Dämon bist?«, fragte ich.

Er verstärkte den Griff um sein Schwert. »Johanna war weit näher an der Quelle als du und hatte Kräfte, die du nicht hast. Ich bin mir nicht sicher, was sie getan hat, aber auf einmal war ich zehn Straßen weiter, und als ich wieder bei ihr war, habe ich gerade noch gesehen, wie ... wie sie ...«

Ich legte meine Hand auf seine zitternde Faust. In Büchern half das auch immer, und wenn ich allzu nervös oder beunruhigt war, hatte Eresz mir auch schon die Hand auf die Schulter gelegt oder mich kurz berührt. »Tut mir leid, ich wollte nicht so neugierig sein.«

»Magdalena, du entschuldigst dich für deine Neugierde? Hat die Menschlichkeit doch dein Herz aufgetaut?«, neckte er mich.

»Witzig. Menschlichkeit kann man lernen. Ich habe eine Menge über Menschen gelesen und sie entschuldigen sich doch ständig für alles, das muss man einfach nur nachmachen.«

Er sah mich merkwürdig an. »Manchmal klingst du wie eine Psychopathin.«

»Wer weiß«, murmelte ich.

»Aber dann würdest du mich nicht so gernhaben.« Er grinste selbstzufrieden.

»Ich hab dich nicht gern. Ich hasse dich. Abgrundtief. Aus tiefstem Herzen.«

»Nope, in Wirklichkeit bist du rettungslos in mich verliebt und vorhin hat die Eifersucht aus dir gesprochen.«

Ich kniff ein Auge zusammen und funkelte ihn wütend an. »Davon träumst du«, knurrte ich.

»Du hast ja keine Ahnung, wovon ich sonst noch so träume.« Er zwinkerte mir zu und ich wich kreischend zurück.

»Du bist unglaublich!«, rief ich und bewarf ihn mit einem Kissen, das er vor seinem Gesicht abfing.

Er grinste immer noch und kam mir hinterher. Ich saß mit dem Rücken an der Wand und hatte keine Chance auszuweichen, als er mir immer näher kam. Die Hände hatte er links und rechts von meinem Kopf und sein Gesicht schwebte direkt vor meinem.

»Willst du wissen, wovon ich träume?«, wisperte er in mein Ohr und sein warmer Atem strich über meinen Hals.

Ich erschauderte. Wo konnte ich den wütenden, frustrierten Eresz aus Aberdeen wiederhaben? Ging das? Ich würde dieses Model hier gerne umtauschen! Haaaallooo?!

»Ganz sicher nicht«, brachte ich heraus.

Und im Nachhinein bezeichnete ich es als wahnsinniges Glück, dass in diesem Moment ein lautes schrilles Kreischen einsetzte. Ich zuckte zusammen und Eresz fuhr herum, den Blick wachsam zum Eingang gerichtet.

Mir klopfte das Herz bis zum Hals, was ganz sicher nicht an dem lag, was gerade passiert war.

»Was war das?«, fragte ich und versuchte mich an einer festen Stimme.

»Keine Ahnung«, erwiderte Eresz ernst und jeder Schalk war aus seiner Stimme verschwunden.

Seine Haltung war angespannt und er schob mir einen Dolch zu. Wir lauschten etwa fünfzehn Minuten, ob wir Schritte hörten, die die Leiter hinunterkamen. Aber es kam nichts. Eresz stand auf und machte das Licht aus.

»He, was soll das?«, zischte ich und verstummte.

Meine Augen gewöhnten sich etwas langsamer an die Dunkelheit als meine Dämonenaugen, aber dann sah ich es auch. Kleine Schwaden von Licht flogen durch die Luft. Wie Nebel. Oder ... oder Rauch. Sie waren ganz hell und sehr langsam und trudelten ziellos durch den Raum.

Eresz ging langsam auf einen der Schwaden zu und streckte die Hand aus. Sie kamen mir bekannt vor. Als er ihn berührte, wusste ich, woher. Das war das Licht der Quelle.

»Nicht!«, rief ich, aber es war zu spät.

Der Faden wickelte sich um Eresz Hand, kroch seinen Arm hinauf, aber da hatte es schon angefangen zu zischen und mit lähmendem Entsetzen beobachtete ich, wie es seine Haut verätzte. Er gab einen erstickten Laut von sich und taumelte.

Wie auf ein geheimes Kommando hin stürzten sich die Fäden auf mich und Eresz, aber mir taten sie nichts. Ich spürte nur ein Kribbeln an den Stellen, an denen sie mich berührten. Hektisch mit den Armen wedelnd vertrieb ich die Schwaden von Eresz und zog die, die an ihm klebten, von ihm ab. Sie verschwanden, nachdem ich sie berührte.

Ich zog Eresz, der vor Schmerzen stöhnte, zum Bett. Auf der Matratze brach er zusammen, regte sich nicht mehr, was mich für einen Moment vor Angst erstarren ließ. Angst davor, dass er nicht nur bewusstlos war, sondern ... Nein, das durfte er nicht sein! Ich schnappte mir die Decke und wickelte ihn so gut es ging darin ein.

Ich hatte keine Ahnung, was ich mit seinen Verletzungen machen sollte, also versuchte ich sein Gesicht so gut es ging zu schützen. Es war schwierig, denn es kamen immer mehr von den Schwaden aus der Richtung des Eingangs in den Raum. Irgendwann fiel mir nichts anderes mehr ein und ich zog seinen Kopf auf meinen Schoß.

Er war bewusstlos geworden und in dem Moment hoffte ich einfach nur, dass er nicht tot war. Scheiß auf falschen Stolz oder Verleugnung oder ob ich ihn mochte oder nicht. Ich würde ihn nicht für mich sterben lassen. Alleine bei dem Gedanken krampfte sich mein Herz zusammen.

Ich legte ihm vorsichtig meine Jacke aufs Gesicht. Die Schwaden versuchte immer wieder unter die Decke oder die Jacke zu schlüpfen, aber wenn das nicht funktionierte, flogen sie zu mir.

Nach einer halben Stunde fühlte ich mich wie eine Signalfackel, so sehr strahlte ich das Licht ab. Die ganze Nacht blieb ich wach, bis zum Morgengrauen. Die Schwaden waren immer weniger geworden, doch dafür brannten meine Augen vor Müdigkeit und ich schlief ein.

12. KAPITEL

Eresz

Sie sah aus wie eine Erscheinung. Wie … ja, wie ein Engel. Ihr Kopf war gegen die Wand gesunken, ihre langen, blonden Haare glühten und ihre blasse Haut strahlte. Wie Schnee in diesen kitschigen Filmen. Genauso stellte man sich einen Engel vor.

Mir tat alles weh, besonders mein Arm, an dem mir dieses dämliche Licht die Haut weggeätzt hatte. An mehr erinnerte ich mich nicht, aber ich hoffte, dass ich noch wach genug gewesen war, um zum Bett zu laufen.

Ich setzte mich vorsichtig auf und wickelte mich aus der Decke. Abgesehen von meinem Arm war ich tatsächlich mehr oder weniger unversehrt. Maggie hatte wohl noch rechtzeitig reagiert. Zum Glück hatte sie ihre Engelsgestalt beibehalten und war nicht ins Mondlicht gekommen. Dann wären wir vermutlich jetzt beide tot.

Blinzelnd öffnete sie in diesem Moment die Augen.

»Du lebst«, stellte sie erleichtert fest.

Ich fühlte mich in diesem Moment viel zu gerädert, um sie zu ärgern. Außerdem hatte sie mir wohl oder übel das Leben gerettet, also …

»Deinetwegen.«

»Ich zahle nur meine Schuld ab«, erwiderte sie würdevoll. »Sehe ich immer noch so aus wie ein Leuchtfeuer?«

Ich nickte.

Sie verdrehte die Augen. »Na super. Wie geht's deinem Arm?«

Ich hielt ihn ihr hin und sie streckte die Hand aus. Ihre Fingerspitzen, glühend wie der Rest ihres Körpers, verharrten einige Zentimeter von meiner Haut entfernt und dann hielten wir beide die Luft an, als sie mich berührte. Nichts geschah, außer dass es ein wenig kribbelte. Und abgesehen davon, dass diese widerliche brennende Wunde anfing zu heilen. Also nichts Besonderes. Ganz normaler Engelalltag.

»Ich habe davon gehört, aber ich wusste nicht, ob es stimmt«, flüsterte sie fasziniert und strich über die fast verheilte Haut. »Manche Engel können heilen. Angeblich. Es scheint zu stimmen. Ich weiß aber nicht, ob Narben zurückbleiben.«

»Dann tätowiere ich mich halt. Das wollte ich schon immer mal machen«, sage ich lässig, um das Gefühl zu überspielen, das ihre Berührung in mir auslöste.

Das Glühen um sie herum war deutlich schwächer geworden. »Du siehst jetzt nur noch aus wie eine kleine Sonne, nicht wie eine Supernova«, stellte ich fest.

»Das würde passen. Das Licht war das Licht der Quelle. Deswegen konnte ich es aufnehmen, weil ich trotz allem ein halber Engel bin«, erklärte sie. »Engel in der Nähe der Quelle sind immer vollgesogen damit, also haben sie das Licht hier heruntergeleitet. In der richtigen Annahme, dass es einen Dämon verletzt. Und in der falschen Annahme, ich wäre derzeit einer.«

Sie klang sehr befriedigt, die Jagd ausgetrickst zu haben. »Wissen sie, dass ich nicht tot bin?«

»Spätestens, wenn du diesen Raum verlässt.«

Sie seufzte. »So ein Mist. Das wäre auch zu schön gewesen, um wahr zu sein.«

»Wir können ja auch hierbleiben, ist doch kuschelig«, schlug ich vor und lächelte. Mein Kopf war nicht mehr so vernebelt, aber denken konnte ich immer noch nicht richtig. Maggie schien das auch so zu sehen.

»Bist du auf Drogen?«

»Keine Ahnung, sag du es mir.«

Sie stöhnte. »Na super ... Wann, sagtest du, kommt Tobias, um uns hier rauszuholen?«

***

Ich bin ihr vermutlich fürchterlich auf die Nerven gegangen und sie war verdammt froh, als Tobias oben die Klappe öffnete und uns herausließ. Die frische Luft vertrieb auch die letzten Auswirkungen dieser seltsamen Nacht und ich war wieder klar im Kopf.

Tobias machte uns ein Frühstück, auf das wir uns wie ausgehungert stürzten. Waren wir ja auch. Die Tütensuppen gestern waren nicht befriedigend. Dabei erzählten wir ihm abwechselnd, was geschehen war und er war angemessen schockiert und betroffen.

»Deswegen sind wir uns einig, dass du an der Stahltür noch einiges zu verbessern hast«, beendete ich die Erzählung und trank den dritten Kaffee.

Maggie nickte bestätigend und ließ das Toastbrot zu ihr hinüberfliegen. Angeberin. Aber der Schein um sie herum war fast weg und der Spaß würde bald vorbei sein.

»Das wird euch in den Archiven nicht passieren«, versicherte Tobias uns. »Es gibt dort mehrere Schleusen, mehrere Türen und die Schlafräume sind tief unter der Erde.«

»Wie kann es eigentlich sein, dass das ganze Archiv unter diesen kleinen Felsbrocken passt?«, fragte Maggie und wedelte in die unbestimmte Richtung von Stac an Armin.

Tobias lehnte sich zurück und ein sehr befriedigender Ausdruck war auf seinem Gesicht zu sehen. »Eine gute Frage!«, begann er und ich versuchte in meinem Kaffee zu ertrinken. Wenn er so anfing, konnte das nur furchtbar enden.

»Der Tunnel, durch den ihr hierhergekommen seid, ist zum Beispiel nicht ganz Teil dieser Dimension. Er gehört zum Reich der

Engel und Dämonen. Und so verhält es sich auch mit den Archiven. Sie liegen, sagen wir mal, einen Schritt von dieser Welt entfernt. Nahe genug, so dass ein Mensch sie betreten könnte, aber weit genug entfernt, um sich nicht von irgendwelchen Landmassen beeinflussen zu lassen.«

Sie sah ihn für einige Sekunden schweigend und mit hochgezogenen Augenbrauen an. »Aha«, machte sie dann und widmete sich wieder ihrem Essen.

Ich grinste Tobias an, der etwas bedröppelt aussah. Armer Kerl. Sie konnte einen aber auch echt abfertigen.

Nach dem Frühstück fuhr Tobias uns mit einem kleinen Boot nach Stac an Armin. Maggie schien sich nicht sicher zu sein, was sie letztendlich bevorzugte; Flugzeuge oder schwankende, winzige Boote, in die durch kleine Ritzen immer etwas Salzwasser über ihre Füße schwappte.

Die Fahrt dauerte nur etwa fünfzehn Minuten und es gab keine richtige Anlegestelle, also sprangen Tobias und ich mit einem Satz ans felsige Ufer. Maggie starrte auf die Lücke zwischen Boot und Fels, auf das schäumende graue Wasser. Das Boot schwankte immer wieder auf und ab, vor und zurück.

»Spring, ich fang dich auf«, versicherte ich ihr und auch wenn das ein megaabgedroschener Satz war, bemerkte ich erst, als ich ihn aussprach, wie ernst ich ihn meinte.

Sie schien das auch zu sehen, anstatt mit einem Spruch zu kontern, nahm ihr Gesicht einen entschlossenen Ausdruck an. Sie passte einen günstigen Moment ab und sprang. Ich erwischte sie am Arm und zog sie mit meiner anderen Hand um ihre Taille ganz auf den glitschigen Felsen. Als sie einen sicheren Stand hatte, ließ ich sie los.

Tobias führte uns einen schmalen Trampelpfad entlang. Die Insel, na ja eher der Felsbrocken, war leer und verlassen, abgesehen von einer windschiefen Hütte.

»Da müsst ihr rein. Ihr müsst euch in die Hand schneiden, oder wohin auch immer, und euer Blut auf die Tür tropfen. Sonst seht ihr nur eine leere Hütte«, erklärte Tobias.

»Wie klischeehaft«, murmelte ich.

»Wir reden hier von Dämonen, das überrascht dich? Unten in den Archiven gibt es eine kleine Küche mit Lebensmitteln für ein paar Wochen. Wenn ich euch abholen soll, ruf mich an.«

»Ja, danke, Tobias«, antwortete ich brav.

Maggie murmelte etwas, was ungefähr in die gleiche Richtung ging.

Tobias winkte ab und ging den schmalen Weg zurück, während wir weiter auf die Hütte zusteuerten. Seufzend trieb ich mir meine Fingernägel in die Haut und wischte nachlässig über das raue, vom Wind verzerrte Holz. Wortlos streckte mir Maggie ihre Hand hin. Sie zuckte nicht einmal mit der Wimper, als kleine Tropfen Blut aus ihrer Handinnenfläche sickerten.

»Bereit?«

»Wartet da drin etwas, was uns potenziell töten könnte?«

»Die meisten Diktatoren halten Wissen für gefährlich, aber solange du keiner bist, dürftest du drinnen sicher sein.«

Sie verdrehte die Augen, aber ich hätte schwören können, dass es um ihre Mundwinkel zuckte.

Ich stieß die Tür auf. Die Hütte war trotzdem beinahe leer, wenn man von der breiten tiefschwarzen Treppe absah, die in bodenloses Dunkel führte.

Maggie warf dem Loch einen argwöhnischen Blick zu. »Ausgerechnet hier wird an Strom gespart?«

»Sieh es als eine Prüfung. Wenn dich das tröstet.«

»Nicht im Geringsten«, erwiderte sie trocken.

13. KAPITEL

Magdalena

Eresz ging vor. Die Luft war feucht und kalt. Da es Tag war, wollten sich meine Augen partout nicht an die Dunkelheit gewöhnen und ich musste mich Stufe um Stufe vortasten. Der Stein unter meinen Füßen war ungleichmäßig, als hätte man die Treppe direkt aus dem Fels geschlagen. Immerhin waren die Stufen nicht nass, sonst wäre ich bestimmt längst ausgerutscht. Ich war zwar nicht tollpatschig, aber Dunkelheit, ungleichmäßige Stufen und Nässe waren selbst für einen guten Gleichgewichtssinn eine schlechte Kombination. Der Abstieg schien ewig zu dauern.

Wir sprachen nicht, ich für meinen Teil war mehr aufs Laufen konzentriert und Eresz war vermutlich wie immer bereit, in den nächsten Sekunden einen Feind abzuschlachten. Auch wenn Tobias gesagt hatte, hier kämen nur Dämonen rein –sicher konnte man sich nie sein. Fast wäre ich in Eresz reingelaufen, der urplötzlich stehen blieb.

»Wir sind da«, sagte er leise, seine Stimme klang dumpf.

Ich blinzelte gegen die Dunkelheit und konnte gerade so den Schemen einer Tür ausmachen. Eresz stemmte beide Hände dagegen und drückte. Fest. Ein Knirschen ertönte, als sich der Stein schabend über den Boden bewegte. Eresz schnaufte und das nahm ich mal als Anlass, mich auch gegen die Tür zu stemmen. Ich wusste nicht, ob meine Hilfe da sonderlich viel brachte, aber nach einer anstrengenden Minute war die Tür weit genug offen, damit wir uns durch den Spalt zwängen konnten.

Der Raum dahinter war nicht großartig ausgestattet, aber er hatte eine Lampe! Mit Bewegungsmelder! Jetzt konnte ich auch sehen, dass in der Steintür Runen eingeritzt waren. Eresz schob sie gerade wieder zu. Ansonsten war der Raum leer, aber auch die Wände waren mit Runen bedeckt. Die Luft … schmeckte dick. Zähflüssig. Magisch aufgeladen. Eresz sah sich um.

»Die Runen halten jeden, der kein Dämonenblut in sich trägt, in diesem Raum fest«, erklärte er. »Sie ziehen ihre Kraft aus der Energie desjenigen, der in betritt, also sollten wir schnell gehen.«

Ich starrte ihn an. »Das heißt wir könnten hier sterben?«

Er runzelte die Stirn. »Es ist nicht viel Kraft. Und ein starker Engel könnte vermutlich auch ausbrechen. Aber wenn du ein paar Tage hier gefangen bist, dann ja. Keine Sorge. In den Archiven gibt es das nicht.«

»Das beruhigt mich ja jetzt irgendwie nicht«, antwortete ich misstrauisch.

Er grinste. »Komm schon. Gehen wir weiter.«

Er öffnete die Tür, eine ganz normale Holztür, und verbeugte sich tief und übertrieben. »Nach Euch, Mylady.«

Ich schnaubte, sehr undamenhaft, und ging mit hoch erhobenem Haupt an ihm vorbei. Und sofort fiel mir die Kinnlade herunter.

Der Raum dahinter … Es war kein Raum! Es war eine gigantische Halle. Hier hätte der ganze Außenbezirk Platz gehabt und es wäre nicht eng geworden. Nach und nach schalteten sich die Lampen in den Gängen ein. Gänge, die von bis zur Decke reichenden, prall gefüllten Bücherregalen eingerahmt wurden.

Es war ein wenig wärmer als im Vorraum, was ich als sehr angenehm empfand. Tagelang in eisiger Kälte nach Büchern suchen? Da hätte ich gestreikt. Das hier war viel angenehmer.

Eresz stellte sich neben mich. »Ich hatte ganz vergessen, wie groß die Archive sind.«

»Wie sollen wir hier etwas finden?«, fragte ich ernüchtert.

»Hinten in den Räumen müssten Register stehen. Zumindest hoffe ich das. Meine Mutter kannte die Archive wie ihre Westentasche. Ebenso Tobias. Ich meine mich zu erinnern, dass sie so etwas gesagt haben.«

»Na dann.«

Es kostete einiges an Überwindung, nicht ständig die Titel der Bücher zu überfliegen, an denen wir vorbeigingen, aber dafür würde ich später wohl noch Zeit genug haben.

Und so wie wir durch die Gänge liefen, kribbelte es unwohl in meinem Nacken – ähnlich wie im Archiv der Engel. Als würde mich eine Kraft hinausdrängen wollen, als gehörte ich nicht hierhin. Die Erkenntnis traf mich wie ein Schlag. Ich wollte kein Engel sein. Und trotzdem war ich zu sehr Engel, um als Dämon durchzugehen. Ich blieb stehen und es dauerte einige Sekunden, bis es Eresz auffiel.

Er drehte sich zu mir um. »Was ist los?«, fragte er ruhig.

Ich wandte den Blick ab. »Das ist nicht ... Es ist nichts.«

»Maggie. Was ist los?«

»Ich gehöre nicht hierher, oder?«

Eresz schwieg.

»Ich dachte, ich könnte mich einfach entscheiden, ein Dämon zu sein und den Rest zu ignorieren«, fuhr ich fort. »Aber so funktioniert das nicht. Mein Blut oder was auch immer verändert sich durch die Entscheidung nicht. Ich bin immer noch gar nichts.« Meine Stimme klang bitterer, als ich beabsichtigt hatte. Und ich war ehrlicher gewesen, als ich es vorgehabt hatte zu sein.

Obwohl ich den Kopf gesenkt hatte, konnte ich sehen, wie Eresz auf mich zukam. Nur wenige Zentimeter von mir entfernt, und damit eindeutig in meinem persönlichen Luftraum, blieb er stehen – und legte mir beide Hände auf die Schultern.

»Schau mich an«, sagte er leise, eindringlich.

Zögernd hob ich den Kopf. Um seine Mundwinkel spielte ein halbes Lächeln, das ich so von ihm nicht kannte. Es war nicht spöttisch oder selbstgefällig. Es war verständnisvoll und sanft.

»Du bist weit davon entfernt, gar nichts zu sein. Was soll ich denn sagen? Ich bin zum Teil ein Mensch, die wahrscheinlich schwächste humanoide Rasse dieser Welt. Wir wissen noch nicht, was für Kräfte in dir sind. Vielleicht hast du das Beste von beiden. Mag sein, dass du weder als vollwertiger Dämon noch als vollwertiger Engel anerkannt wirst, aber was macht das schon? Du *kannst* in beiden Welten überleben.«

»Und wenn ich das nicht will? Ich will kein Engel sein.«

»So sehr ich diese Einstellung auch gutheiße, du kannst es kaum ändern. Und wer weiß, vielleicht willst du auch kein Dämon sein, wenn du deren Welt erst einmal kennengelernt hast. Vielleicht willst du einfach nur Maggie sein.«

Es fiel mir schwer, seinem Blick standzuhalten, wenn ich doch am liebsten auf den Boden gesehen hätte. Ich wollte nicht, dass er den Sturm der Gefühle in meinen Augen erkennen konnte. Also zwang ich mich dazu, innerlich tief durchzuatmen und meine Gefühle sorgfältig zu verstecken. Das war mir immer schwergefallen. Man sah mir meine Wut und Abneigung immer an.

»Du meinst, wenn ich nicht vorher sterbe«, erwiderte ich.

Ein Schatten schlich sich in Eresz Augen, den ich nicht deuten konnte. Aber das Lächeln verschwand und der Griff um meine Schultern verstärkte sich für den Bruchteil einer Sekunde. Ich konnte sehen, wie er sich wieder in sich zurückzog, weg von mir, weg von seinen Gefühlen. So wie ich es gerade getan hatte.

»Derzeit sieht es ja so aus, als würdest du nur sterben, wenn ich auch sterbe, und da ich nicht vorhabe, in den nächsten Jahren ...« Seine Stimme klang teilnahmslos wie meine.

Das kurze Gefühl der Nähe zwischen uns war verschwunden. Meinetwegen. Scham und das mir unbekannte Verlangen, es wiedergutzumachen, durchzuckten mich wie ein Peitschenhieb, aber ich tat nichts dagegen.

Es war lange her, dass ich jemanden gerngehabt und demjenigen dann auch noch vertraut hatte. Und solange wir beide noch in Lebensgefahr schwebten, würde ich mich nicht dazu hinreißen lassen, eine Bindung zu Eresz aufzubauen oder mich auf ihn zu verlassen. Er war ja selber viel zu wechselhaft! Vielleicht überlegte er es sich morgen wieder und ließ mich einfach alleine auf diesem Felsbrocken sitzen.

Den Rest des Weges durch das Archiv gingen wir düster schweigend, ich hatte den Blick stur auf den Boden gerichtet. An einer weiteren schweren Tür machten wir Halt.

»Dahinter ist noch ein Schleusenraum, aber die Runen sind stärker. Sie saugen mehr Kraft aus dir heraus und ich weiß nicht, wie viel Kraft du überhaupt hast«, erklärte Eresz knapp.

Autsch. Das hatte ja fast wehgetan. Ich presste die Lippen in einem dünnen Strich zusammen.

Er warf mir einen flüchtigen Blick zu. »So meinte ich das nicht«, murmelte er, was einer Entschuldigung wohl am nächsten kam.

Ich seufzte. Nur, weil ich mir vorgenommen hatte ihn nicht zu mögen und ihm nicht zu vertrauen, musste ich uns das Leben ja nicht noch schwerer machen. »Schon gut. Mach die Tür einfach auf.«

Schlussendlich schoben wir die Tür gemeinsam auf, auch wenn ich wieder nicht wusste, wie viel davon mein Verdienst war. Der Raum dahinter sah genauso aus wie der erste Schleusenraum, aber ich spürte sofort, was Eresz meinte. Die Luft war dick und zähflüssig, sie schien kaum in meine Lungen zu wollen. Automatisch atmete ich flacher. Meine Haut kribbelte, als würden Ameisen unter ihr hindurchkriechen und meine Beine lösten sich kaum vom Boden, als würde ich durch Matsch waten. Als wäre die Luft tatsächlich fester, als sie sein sollte.

Wortlos nahm Eresz meine Hand und zog mich hinter sich her. Auch sein Atem ging schwerer, also schien der Raum auch auf ihn eine stärkere Wirkung zu haben. Die Tür zu den Schutzräumen war zum Glück leichtgängiger und wir taumelten beide in ein Wohnzimmer. Japsend ließ ich mich auf die Couch plumpsen und Eresz fiel auf den Sessel mir gegenüber.

»Das ist aber … gefährlich … oder?«, fragte ich, nachdem ich meine Lungen ein paar Mal mit guter, leichter Luft gefüllt hatte.

»Ziemlich.«

»Wie ist deine Mutter denn hier reingekommen? Sie ist doch ein Mensch?« Es hatte bis jetzt zumindest so geklungen, als wäre sie im ganzen Archiv rumgerannt.

»Gar nicht. Sogar Tobias kommt hier nicht rein. Menschen ersticken einfach, wenn die Runen sie nicht vorher leer saugen.«

»Ih«, machte ich, als ich mir das allzu bildlich vorstellte.

Eresz grinste. Wir blieben noch einige Minuten sitzen, bis wir uns aufraffen konnten. Während ich mir die wenigen anderen Räume anschaute, durchforstete Eresz die Vorräte.

Ich war gerade in einer Abstellkammer, die sich beim zweiten Hinsehen als »Schlafzimmer« entpuppte. Zumindest deutete das Gerüst mit den Matratzen darauf hin.

»Schokolade und so was haben wir auf jeden Fall genug«, erklärte er kauend und warf mir einen Müsliriegel zu. »Und, hast du dir einen ersten Eindruck verschafft?«

»Es ist auf jeden Fall sauber«, antwortete ich mit mäßiger Begeisterung.

»Wenn wir hier wieder rauskommen, suchen wir uns mal ein Fünf-Sterne-Hotel«, tröstete mich Eresz.

»Nein, es ist in Ordnung. Es gibt sogar eine Badewanne. Und immerhin müssen wir nicht im gleichen Bett schlafen.« Ich deutete auf das Hochbett.

Eresz sah mich mit funkelnden Augen an. »Ein Jammer.«

Ich bewarf ihn mit der leeren Verpackung des Riegels. Zumindest war das der Plan, aber sie segelte nur direkt vor mir zu Boden. Verdammt. »Da hinten ist auch ein Arbeitszimmer würde ich sagen.

Sogar mit einem Computer, auf dem vermutlich besagte Register sind.«

»Dann gucken wir da mal als Erstes nach«, bestimmte Eresz und ich ging hinter ihm in den anderen Raum.

Beim Anblick des staubigen, wuchtigen Computers, der gefühlt aus dem letzten Jahrhundert stammte, verzog Eresz das Gesicht, worüber ich grinsen musste, und startete ihn dann ohne weiteren Kommentar.

Ich zog mir einen zweiten Stuhl heran, um auch auf den Bildschirm gucken zu können. »Wonach suchen wir als Erstes? Meinst du, wir finden was, wenn wir nach Dolch und Engel suchen?«

»Nein. Das ist zu unspezifisch. Mir fallen nämlich auf Anhieb mehrere Geschichten ein, in denen Engel mit Dolchen erstochen wurden. Normale Engel sind ja auch nicht unser Problem.«

»Gaaar kein Problem. Die haben dich und mich ja auch nur fast getötet«, murmelte ich.

»Das war jeweils nur einmal und das war auch was komplett anderes! Versuchen wir es mal mit ›Alter Schmied‹. Zu dem stand wirklich nichts mehr in den Chroniken der Engel?«

Diesmal musste ich verneinen: »Gar nichts.«

»Na dann ... suchen wir mal danach.«

***

Wir verbrachten fast eine Stunde damit, nach den verschiedensten Schlagwörtern zu suchen und hatten am Ende eine umfangreiche Liste mit vielversprechend klingenden Büchern zusammengestellt, nach denen wir Ausschau halten wollten.

»Lass uns erst mal Pause machen und dann gehen wir noch mal in die Archive. Wir nehmen dann so viele Bücher mit wie möglich, und während du sie schon mal durchgehst, hole ich unser restliches Gepäck.«

»Oh!«, machte ich. »Daran hatte ich gar nicht mehr gedacht.«

»Ich wünschte auch, ich hätte es vergessen.« Eresz seufzte.

»Wir kommen wohl auch noch einen Tag ohne das ganze Zeug aus. Ich meine, … die Engel wissen jetzt, wo wir sind, oder? Also, ganz haargenau. Werden sie nicht versuchen dich zu jagen?«, fragte ich und versuchte mir die Sorge nicht anhören zu lassen.

Durch meinen Kopf schoss ein Bild. Wie Eresz von einer Horde Engel über dem Meer gejagt wurde und schließlich wie ein Stein ins Wasser fiel und ertrank. Das war keine sonderlich angenehme Vorstellung. Aber zum Glück machte ich mir ja keine Sorgen um Eresz. Richtig?

»Guter Einwand. Ich werde mit Tobias reden, vielleicht kann er uns die Sachen zumindest in seine Hütte holen. Und bis dahin dürfte ich wohl tagsüber fliegen können, ohne erwischt zu werden.«

»Aber wäre es nicht sinnvoller, wenn dich die Jagd tagsüber jagen würde?«, fragte ich skeptisch.

»Ja, natürlich wäre das sinnvoller. Aber wir reden hier über Engel. Wie viel Logik hast du bei ihnen bemerkt?«

»Punkt für dich.« Ich grinste.

»Na dann los, ein bisschen Instant-Essen hat noch niemandem geschadet.«

Sofort verschwand mein Grinsen und ich stöhnte genervt.

***

Danach standen wir bestimmt für eine geschlagene Minute vor der Tür herum, bis Eresz sie schließlich öffnete. Diesmal versuchten wir zu rennen, so gut es ging, um der Kraft der Runen nicht zu lange ausgesetzt zu sein. Es war mehr ein schnelles Laufen und wir stolperten erleichtert ins Archiv.

Dort drehten sich die Regale für einige Sekunden vor meinen Augen und ich musste mich an der Wand abstützen, aber trotzdem erholte ich mich viel schneller von der Kraft dieser Runen als beim ersten Mal.

Eresz riss die Liste sauber in zwei Teile und reichte mir den einen. »Wer als Erster wieder hier ist, kriegt den Nachtisch des anderen«, erklärte er todernst.

»Du meinst, weil wir mit den Hunderten von Schokoriegeln so sparsam umgehen müssen?«

»Ganz genau.« Er grinste. »So eine Suche macht doch viel mehr Spaß, wenn es einen Anreiz gibt.«

»Wie alt bist du? Fünf?«, fragte ich spitz.

»Fünfeinhalb«, korrigierte er mich und ich musste lachen.

Dann sahen wir uns an – und spurteten los. Es wäre doch gelacht, wenn ich gegen ihn verlieren würde! Pah! Niemals!

Die Suche gestaltete sich dann doch schwieriger als gedacht, denn bis ich mich erst einmal mit den Angaben zum Standort zurechtgefunden hatte, waren schon kostbare Minuten verstrichen. Immerhin war Tobias ein ordentlicher Archivar und jedes Buch stand auch tatsächlich an dem Platz, an dem es sein sollte. Aber neben dem Buch, das ich dann einsammeln sollte, stand noch ein anderes, das interessant aussah. Und daneben noch eins und dahinter erst!

Als ich mit dem Arm voller Bücher zur Tür zurückkehrte, war Eresz schon da.

Er schaute mich triumphierend an. »Ich habe gewonnen!«, verkündete er.

»Jaja«, grummelte ich. »Du darfst morgen meinen Nachtisch haben.«

Er grinste schelmisch. »Es kann aber auch gut sein, dass ich nur ein paar Sekunden vor dir hier war. Also darfst du deinen Nachtisch behalten, sonst fällst du mir noch vom Fleisch.«

»Wie bitte?« Ich lachte über diesen Ausdruck. »Vom Fleisch fallen?«

»Kennst du das nicht? Ist ein Sprichwort oder so.«

»Hat sich nicht mal jemand Gedanken darüber gemacht, wie furchterregend das klingt?«

»Die Deutschen hatten immer schon einen Hang für abgedrehte Sprichwörter: Da wird doch der Hund in der Pfanne verrückt, das Kind ist schon in den Brunnen gefallen …«

»Warte, wir reden Deutsch?«, fragte ich verwirrt und lauschte dem Klang der Worte nach. Konnte gut sein.

»Du merkst das wirklich nicht?«, fragte Eresz etwas ungläubig. »Ich spreche so selten meine Muttersprache, da muss ich die Chance doch nutzen.«

»Nur, wenn ich drauf achte. Ich passe mich immer automatisch an die Sprache meines Gegenübers an.«

»Das ist echt cool, weißt du das?«, erwiderte Eresz. »Ich musste jede Sprache mühsam lernen.«

»Ich wüsste gar nicht, ob ich das überhaupt könnte. Also eine Sprache lernen. Wie macht man das überhaupt?«

Eresz blinzelte. »Ähm … lernen halt. Aber ich glaube nicht, dass du überhaupt eine zu lernen brauchst. Du kannst doch alle.«

»Nicht alle-alle. Es gibt ja auch Sprachen, die nur noch von zwei Leuten oder so gesprochen werden. So was verstehe ich bestimmt nicht.«

»Wie schrecklich. Sie kann nur neunzig Prozent der Sprachen dieser Welt. Verbrennt sie.« Er verdrehte die Augen. »Bereit?«

»Jaja.«

***

Mit einem Block auf den Knien und in eine Decke gewickelt saß ich auf dem Sofa und studierte die Bücher. Zwischendurch machte ich mir immer wieder Notizen, die man wohl schwerlich würde entziffern können.

Eresz lag quer über dem Sessel, ein Buch über den Kopf haltend. Seine Lippen bewegten sich beim Mitlesen lautlos und irgendwie blinzelte er nicht. Soweit ich wusste, las er irgendwas auf Latein und hatte damit offensichtlich Schwierigkeiten. Ich hatte ihm schon angeboten, das Buch zu übernehmen, aber nein, er würde das schon schaffen, sagte er. Sein Stolz machte das Leben schwerer als nötig.

Ich nahm mir das zweite Buch auf meinem Stapel und schlug es auf. Der erste Absatz stach mir sofort ins Auge.

So sehr es uns auch schmerzt zuzugeben, dass die Engel älter sind als wir, so wahr ist es doch. Denn die Engel traten aus dem Licht und es dauerte einige Jahrzehnte, in denen sie über die karge Erde wanderten, ohne Orientierung, ohne Ziel und Sinn in ihrem Leben, bis einige von ihnen über die Dunkelheit stolperten und fielen und sich erhoben mit schwarzen Schwingen.

Die Zeiten der Freundschaft sind an anderen Stellen näher beschrieben worden, sodass wir zum ersten Krieg gehen werden.

Engel und Dämonen waren sich in vielen Dingen uneins, doch als die Seher von der Ankunft der Menschen erfuhren, wurden die Uneinigkeiten zu unüberwindbaren Hindernissen zwischen den zwei Völkern.

Denn die Seher der Dämonen hatten die Dinge prophezeit, die die Menschen mit dieser unserer Welt anrichten würden und wollten dagegen vorgehen.

Die Seher der Engel sahen dies auch, doch hatten sie die Hoffnung, dass es eine friedliche Lösung geben würde, dass die Zukunft eine Antwort bringen würde.

Wir werden nie erfahren, wer Recht hatte, denn die Völker gingen in Krieg aufeinander los und beraubten sich somit der Kraft der anderen und der Möglichkeit, den Menschen zu helfen und die Erde zu retten. Wer weiß also, wie die Geschichte ausgegangen wäre, wenn Engel und Dämonen zusammengearbeitet hätten? Wenn sie trotz der Unstimmigkeiten in Frieden miteinander gelebt hätten?

Doch wie in jedem Krieg gab es jene, die von großer Macht waren und unabhängig blieben. Es waren die, die von Anbeginn der Zeit beiden Völkern verpflichtet waren, Mischwesen, oder jene mit einem Sinn für Gerechtigkeit und Offenheit, der den ihrer Mitwesen übertraf.

Der Chronist der Engel und der Chronist der Dämonen wurden zu solch neutralen Wesen, ebenso wie Der Schmied, dessen Mutter ein Engel und dessen Vater ein Dämon war, Wesen der ersten Stunde, die sich nicht durch den Fall und die Auferstehung des Einen trennen ließen, sondern deren Liebe unermesslich und weit gerühmt war.

So wuchs Der Schmied im Glanze beider Völker auf und konnte es nicht übers Herz bringen, gegen eines von beiden die Klinge zu erheben. Zu dem Zeitpunkt, an dem dies niedergeschrieben wird, lebt er noch und ist wohlauf und auch sein Versteck ist nicht unbekannt, denn wenngleich die Engel den Neutralen nicht liebevoll gestimmt sind, so lassen sie diese doch in Ruhe. Sie erkennen ihren Wert und ihre Macht und vielleicht fürchten sie auch das, was sie anrichten könnten, denn sie gehören noch zur Alten Welt und die Wesen der Alten Welt sind ungleich stärker als wir.

Der Chronist der Engel ist des Wissens des Schreibers nach verstorben, er konnte die Welt, wie sie nun war, nicht mehr mitansehen und den Hass nicht mehr ertragen. Er hinterließ all seine Schriften, wenngleich die Engel sie an sich genommen und vor dem Antlitz der Welt verborgen haben.

Der Chronist der Dämonen hält sich versteckt und nicht einmal die seines eigenen Volkes wissen, wo er ist und ob er noch lebt, denn er vertraut den Engeln nicht, wenngleich er in früheren Zeiten viele von ihnen zu seinen Freunden zählte.

Der Schmied jedoch ist für die auffindbar, die ihn brauchen und suchen und ihre Schritte sollten sie zum Kap der guten Hoffnung führen, dort mögen sie ihn finden

Abwesend zog ich mir die Decke hoch, die mir von den Schultern gerutscht war, und Eresz, der das Interesse an seinem Buch wohl verloren hatte, beobachtete mich neugierig. »Was Interessantes entdeckt?«

»Ich glaube ja. Hier, lies. Äh, … warte. Nein, lies nicht. Es ist russisch.«

Er verdrehte die Augen. »Würdet Ihr die Güte besitzen, es mir armer Seele zu übersetzen, Mylady?«

»Wenn du mich so fragst, immer doch«, antwortete ich süßlich und fasste zusammen, was ich gelesen hatte.

»Der Schmied ist also auch ein Mischwesen. Das ist interessant«, murmelte Eresz nachdenklich.

»Ja, das auch. Aber wir wissen jetzt, wo wir ihn finden.«

»Das Kap der guten Hoffnung. In Afrika also. Das ist mal eine Information, mit der ich arbeiten kann.«

Er warf einen Blick auf seine Uhr.

»Hier, lies du das Buch mal.« Er reichte mir das lateinische Buch und ignorierte meinen süffisanten Gesichtsausdruck gekonnt. »Und ich mach mich auf den Weg.«

»Okay. Lass dich nicht von Engeln erwischen«, murmelte ich abwesend und nahm einen Stift in die Hand, um mir Notizen zu machen.

Hinter Eresz fiel die Tür mit einem leisen Klacken ins Schloss und auf einmal wurde es sehr still, nur noch das Kratzen meines Kulis auf dem Collegeblock war zu hören.

14. KAPITEL

Eresz

Als ich aus den Archiven auf den Felsen trat, wehte ein kräftiger Wind. Was für ein Glück, dass ich ihn als Rückenwind nutzen konnte, wenn ich nach Hirta flog. Mit Gegenwind wäre das viel zu gefährlich gewesen, was sich bestätigte, als ich einige Schritte gegen den Wind machte, um die Hütte zu umrunden. So fühlte sich das also an, gegen Windmühlen zu kämpfen. Noch so ein Sprichwort, heute war ich ja ein wahrer Quell an dämlichen Sprichwörtern.

Als ich mich vom Boden abstieß und die Flügel ausbreitete, wurde ich nach vorne geschoben, was ungemein irritierend war. Denn ich hasste es, die Kontrolle aufgeben zu müssen. Immerhin dauerte der Flug von Stac an Armin nach Hirta nicht lange und ich beeilte mich, meine Flügel direkt nach der Landung verschwinden zu lassen, sonst würde mich der Wind noch über die halbe Insel pusten.

Tobias kochte sich gerade Tee – er war manchmal so ein Brite – und sah mich überrascht an.

»Gibt's Probleme?«, fragte er geschäftsmäßig.

»Nein, aber ich brauche trotzdem deine Hilfe.«

Er seufzte. »Natürlich tust du das. Was gibt es?«

»Unser Gepäck. Es ist noch in Baleloch in einer kleinen Pension. Wir sind nach Haskeir geflogen, da konnte ich nicht alles mitnehmen.«

»Verstehe. Ich werde es bis morgen besorgen und nach Hirta

bringen. Du solltest nicht allzu viel draußen herumfliegen«, fügte Tobias hinzu.

»Das wird sich bald nicht verhindern lassen. Wir müssen zum Kap der guten Hoffnung.«

Er hielt in der Bewegung, eine Tasse Tee einzuschenken, abrupt inne. »Ihr wollt einmal quer durch die Weltgeschichte tingeln?«

»Laut eines Buches ist Der Schmied am Kap der guten Hoffnung. Wir haben kaum eine Wahl«, erklärte ich genervt.

Als wäre mir nicht selber bewusst, in was für eine Gefahr wir uns begeben würden. In was für eine Gefahr sich Maggie begeben würde, denn im Moment war sie komplett schutzlos.

»Na gut. Ich werde versuchen, für euch eine ungefährliche Strecke zu finden. Einige der alten Kanäle müssten noch offen sein, wenn ihr euch auf die verlasst und euch ansonsten in Menschenmengen versteckt haltet ... Ach was, draufgehen werdet ihr dabei vielleicht trotzdem.« Er warf mir einen strengen Blick zu. »Was würde deine Mutter dazu sagen?«

»Dass es Dinge gibt, für die es sich zu kämpfen lohnt?«, schlug ich als Antwort vor.

Manchmal wünschte ich mir wirklich, ich könnte mir einen Rat meiner Mutter holen. Sie wüsste, was zu tun war. Okay, eigentlich wusste ich das auch. Das, was ich tat und vorhatte, war das einzig Richtige. Auch wenn meine Mutter mir den Kopf abreißen würde, weil ich mich so in Gefahr brachte, sie würde es noch weniger gutheißen, wenn ich Maggie im Stich ließe.

»Das hast du von Harry Potter geklaut«, erwiderte Tobias. »Fein. Wie auch immer. Ich stelle euch die Sachen morgen in die Hütte und vielleicht habe ich bis dahin schon einige Kanalwärter kontaktieren können. Sie können euch vielleicht ein paar der alten Kanäle bereithalten. Aber du hast noch Zeit, bis die Sonne untergeht, kommen wir also zu was anderem. Ich habe die abenteuerlichsten Gerüchte über dich in den letzten Jahren gehört und verlange eine

Erklärung! Denn wenn ich sie gehört habe, dann auch andere und die würden vermutlich gerne wissen, ob du wohlauf bist.«

Uuuund da waren wir wieder beim Thema Familie. Urgh. Ich war sogar ziemlich sicher, welche Gerüchte Tobias mit mir in Verbindung brachte und wollte ungern davon erzählen, aber ... Tobias war einer der wenigen Freunde, die ich hatte. Außerdem stand er mit meiner Familie in Kontakt, und wenn es jemand verdiente, ab und zu von mir zu hören, auch wenn es über Umwege war, dann wohl sie. Also erzählte ich, was passiert war, seitdem ich mich von meiner Mutter und meiner Schwester getrennt hatte.

***

Ich schaffte es gerade noch mit den letzten Strahlen der Sonne zurück in die Hütte. Dabei hatte ich nicht mal die meiste Zeit geredet. Tobias hatte mir eine Menge interessante Dinge erzählt, die ich schlicht und ergreifend verpasst hatte, während ich mich versteckt und bedeckt halten musste und so war ich ziemlich lange in seiner Hütte geblieben.

Ich lief die Stufen hinunter, immer mehrere auf einmal nehmend, denn auch wenn die Engel »angeblich« nicht in die Hütte eindringen konnten – es gab einen Grund für die Schleusenräume; Es kam vor, dass sie unsere Hindernisse überwanden. Und außerdem erinnerte ich mich allzu gut an das Zeug, dass die Engel beim letzten Mal losgeschickt hatten, als sie uns nicht direkt erreichen konnten. Erst als ich im Archiv angekommen war, lief ich etwas langsamer.

Als ich den zweiten Schutzraum durchquerte, legte sich das Gewicht der Runen schwer auf meinen Körper. Ich biss die Zähne zusammen und kämpfte mich durch den Raum. Aber dafür wurde ich dann auch entschädigt: Maggie war offensichtlich während des Lesens eingeschlafen und lag zusammengerollt auf der Couch, umgeben von Blättern mit Notizen und Büchern. Unter der Decke hob und senkte sich ihre Brust gleichmäßig und ab und zu flackerten ihre Augenlider, als träume sie. Vermutlich starrte ich sie viel zu lange an. Wenn sie jetzt aufwachte, würde sie mich für einen Stalker halten.

Kurzerhand ging ich lautlos auf sie zu und hob sie sanft hoch. Ich wollte sie nicht wecken, aber sie dort schlafen lassen schien mir auch keine Option.

Ich trug sie vorsichtig und so leise wie möglich in die Kammer und legte sie dort auf das untere Bett. Nach der letzten Nacht schien sie so müde zu sein, dass sie tief und fest schlief und nichts mitbekam, denn sie atmete ruhig weiter. Langsam strich ich ihr eine Haarsträhne aus dem Gesicht.

Ich schloss kurz die Augen, um tief durchzuatmen, dann wandte ich mich rasch ab und ging zurück ins Wohnzimmer. Bevor ich schlafen ging, wollte ich zumindest noch einen kleinen Teil Arbeit beisteuern, sonst würde Maggie sich morgen zu Recht beschweren. Außerdem konnte ich mich so ja vielleicht von dem bildhübschen Mädchen ablenken, das ein paar Meter weiter friedlich schlief. Ja. Ablenken war mit Sicherheit eine gute Idee.

Ich schmiss mich aufs Sofa und griff wahllos nach einem der Bücher, das auf dem Tisch lag. Immerhin war es in einer Sprache geschrieben, die ich lesen konnte. Das nannte man Fortschritt.

Schnell stellte ich fest, dass es in dem Buch um verschiedene, mehr oder weniger belegte Mordversuche an Oberen ging. Allerdings hatte den Attentätern immer der Dolch gefehlt, was dazu führte, dass keiner von ihnen erfolgreich war. Es gab die eine oder andere Anmerkung, dass ein Dämon vor der Zerstörung des Dolches erfolgreich gewesen war. Angeblich hatte er sich mit dem Herrscher der Quelle duelliert und sie hatten sich beide tödliche Wunden zugefügt. Als Beweis für diese Geschichte wurde angeführt, dass der derzeitige Herrscher der Quelle zu jung war, nicht durch und durch vom Licht durchströmt, wie die anderen Oberen. Woher ein Dämon das wissen wollte, war mir jedoch schleierhaft.

Das wäre alles viel einfacher, wenn es noch andere Dämonen geben würde. Besser gesagt, wenn ich wüsste, wo sie sich aufhielten. Dass da noch ein paar auf der Welt übrig waren, wusste ich. Irgendjemand nahm sich da ja Geld von den Konten.

Egal. Das war unwichtig und auch für mich kein neuer Gedankengang. Ich hatte schon vor Jahren mit der Hoffnung abgeschlossen, eines Tages einen weiteren Dämon zu finden. Jemanden, der so war wie ich. Und jetzt ... Maggie. Moment. Ich wollte mich doch ablenken.

Das Buch lag jedoch vergessen auf meiner Brust und ich hatte wenig Lust es hochzuheben. Vielleicht sollte ich es auch mit dem Schlafen probieren. Allerdings wollte ich nicht auf der Couch schlafen und das bedeutete ... Der Kreis schloss sich. Erneut.

Irgendwie endete im Moment alles mit Maggie. Ich konnte es ja auch nicht leugnen, dass ich sie eh ... mochte. Sie ging mir zwischendurch zwar total auf die Nerven und wir würden uns bestimmt noch häufiger streiten, aber abgesehen davon, dass sie sehr, sehr hübsch war ... Mit eiserner Konzentration schob ich die Gedanken abrupt von mir.

Aus meinem Geist war nämlich noch ein anderes Gesicht emporgestiegen. Die letzten Tage hatte ich kaum an sie gedacht, und als ich es jetzt tat, spürte ich immer noch den Nachhall des alten Schmerzes. Nein. Bevor Maggie nicht vor der Jagd in Sicherheit war, würde ich mir nicht erlauben, sie gern zu haben. Oder irgendwas in die Richtung.

Irgendwie war mir jetzt schon klar, dass das einfacher gesagt als getan war. Immerhin hatte ich mir schon in dem Moment, in dem ich sie gesehen hatte, versprochen, keinen winzigen Anflug von positiven Gefühlen für sie zu entwickeln – und das war ja schon gründlich schief gegangen. Eigentlich hatte ich sie damals der Jagd überlassen wollen. Ich wusste auch im Nachhinein nicht, wie ich später damit umgegangen wäre, wenn sie gestorben wäre. Jetzt hieß es also, dafür zu sorgen, dass genau das nicht passierte. Ich würde sie nicht sterben lassen.

15. KAPITEL

Magdalena

In den nächsten Tagen kamen wir gut voran. Wir sammelten so viele Informationen wie möglich, Google war bekannterweise dein Freund und Helfer, und hatten am Ende ein kleines Notizbuch vollgeschrieben.

Der erste Schritt war Den Schmied zu finden. Oder Den Alten Schmied, wie er in anderen Büchern hieß. In einem waren sich jedoch alle einig: Er war ein Wesen aus vergangenen Zeiten, lebte zurückgezogen und war schwer zu finden, dem jedoch, der es schaffte, würde er helfen. Denn das tat er. Helfen war seine Aufgabe.

Über den Alten Stahl hatten wir nicht viel herausfinden können, nur dass es vermutlich etwas mit einem Meteoriten zu tun hatte, der damals auf die junge Erde gekracht war. Es klang auf jeden Fall sehr geheimnisvoll und es machte mich rasend, dass ich keine Antworten finden konnte.

Das Alte Feuer? Genauso. Darüber hatten wir gar nichts gefunden, aber wir hofften einfach, dass ein Alter Schmied auch wusste, wie man ein Altes Feuer schürte. Die gleichen Namen mussten ja irgendwas bedeuten.

Die Edelsteine waren erheblich leichter zu finden, zumindest Informationen darüber. Auch da würden wir Den Schmied fragen, aber ... das Beschaffen würde nicht einfach werden, vor allem nicht, wenn uns die Jagd auf den Fersen war.

Unten in den Archiven hörten wir natürlich nichts von ihr, was endlich wieder friedliches Schlafen bedeutete. Aber sie waren da, das hatte uns Tobias in einer kurzen Nachricht erzählt, die er an unseren Koffer geheftet hatte. Sie lauerten, zum Glück nur nachts. Das hatte mich auf einen Gedanken gebracht.

»Du, Eresz?«

»Hm?«, machte er, während er auf den Computerbildschirm starrte.

»In den Chroniken der Engel stand doch, dass niemand perfekt ist oder so. Also, dass alles Mächtige eine Schwäche hat. Was ist denn, wenn die Schwäche der Jagd der Tag ist? Wenn sie, wie Dämonen, das Tageslicht nicht gut vertragen? Als Strafe oder so dafür, dass sie so viele Unschuldige getötet haben«, fügte ich etwas nachdenklicher hinzu.

Eresz drehte sich zu mir und sah mich fragend an.

»Ich meine, ich weiß nicht, wie es dir geht, aber die Aussage, dass die Jagd sich einfach nur an Regeln hält und deswegen nicht tagsüber angreift, finde ich nicht sehr beruhigend.«

Eresz grinste. »Nein? Wieso, sind doch Engel. Die sind doch bestimmt sehr regelbewusst. Aber du könntest recht haben und vielleicht sind sie ja tagsüber wirklich schwach. Das wäre ein guter Zeitpunkt, sie herauszufordern.«

»Wenn wir überhaupt an den Punkt kommen. Das ist eine sehr lange Liste mit sehr vielen Orten.« Ich wedelte mit dem Notizbuch.

»Gibst du etwa auf?«, fragte Eresz herausfordernd.

»Ich hab doch keine Wahl«, brummte ich. »Du schon. Also wenn dir das zu gefährlich wird, ... dann geh und ich mach das alleine.«

Eresz schaute mich lange an.

»Glaubst du, das würde ich tun?«, fragte er irgendwann ruhig.

Ich zuckte mit den Schultern. »Ich kenne dich nicht. Nicht wirklich zumindest. Und es ist nicht deine Sache.«

»In dem Moment, in dem ich dich das erste Mal vor der Jagd

gewarnt habe, wurde es zu meiner Sache.« Sein Tonfall klang so bestimmend und überzeugt, dass ich innehielt.

Stumm starrte ich ihn an.

»Und als du mir erzählt hast, was passiert ist, da wurde es auch Teil meiner Aufgabe. Ich hasse Ungerechtigkeit, Unehrlichkeit und Grausamkeit – und du bist Opfer von allem geworden. Also nein, ich werde nicht gehen. Gefährlich ist mein zweiter Vorname.« Er lächelte schief, was seine Augen immer so funkeln ließ.

Ich konnte es gar nicht richtig beschreiben. Ich wusste nur, dass ich mich in dieser Sekunde merkwürdig beschützt fühlte. Im Himmel hatte niemand meine Partei ergriffen. Und die Aufseherin hätte mich ins Gefängnis schicken lassen! Einfach so, ohne Protest. Irgendwie wusste ich in diesem Moment, dass Eresz das nicht zulassen würde. Und er würde auch nicht zulassen, dass ich starb.

»Danke«, sagte ich leise und wandte den Blick ab.

Er legte seine Hand auf meine, nur kurz, und drückte sie. Im Himmel bestand in der Regel keine Art von Körperkontakt. Ich konnte mich nicht daran erinnern, dass jemand auch nur einmal meine Hand genommen hatte. Als Kind war ich in den Arm genommen worden, aber das war ewig her und die Erinnerung daran war merkwürdig verblasst.

Es fiel mir wirklich schwer, mich nicht auf ihn zu verlassen, wenn er solche Dinge sagte. In den letzten Tagen hatten wir kaum miteinander geredet, außer es ging um die Nachforschungen. Ansonsten hatte er Abstand von mir gehalten, da fiel es mir leichter. Aber so … Ach verdammt. Als wäre das nicht so schon alles schwierig genug.

***

Zwei Tage später waren wir fertig für die Abreise.

Unsere erste Etappe, bis zum Kap der guten Hoffnung, war durchgeplant – das hatte Tobias für uns erledigt –, aber danach waren wir auf uns allein gestellt.

Wir machten uns direkt nach Einbruch der Morgendämmerung auf den Weg. Tobias holte uns mit seinem Boot ab und ging mit uns noch zum Eingang des Kanals. Eresz und er umarmten sich kurz und ich bekam einen Handkuss, worüber ich nur die Augen verdrehte. Tobias zwinkerte mir zu, dann wurde er ernst.

»Ihr wisst, wie gefährlich es wird. Das muss ich euch nicht sagen. Aber egal, was ihr tut: Sucht euch rechtzeitig Unterschlupf. Ihr könnt nicht auch nur eine Sekunde nachts draußen sein. Es sind viele, ich habe sie jede Nacht gehört. Sie haben noch lange nicht aufgegeben, im Gegenteil. Sie ahnen vielleicht, was ihr vorhabt und erwarten euch bereits am Kap der guten Hoffnung. Los jetzt. Macht's gut. Und viel Glück.«

Eresz und ich nickten nur wortlos. Es war alles gesagt. Ich fragte mich, ob ich Tobias zum letzten Mal sehen würde.

Ric, der den Kanal bewachte, ließ sich nicht blicken, worüber ich ganz dankbar war. Sein misstrauisches Gesicht hätte ich nicht gebrauchen können.

»Also, wie kommen wir nach Lochmaddy? Wir werden jetzt wohl kaum einen netten Fischer finden, der uns mitnimmt«, fragte ich, nachdem wir in der Nähe von Baleloch gelandet waren und Eresz gerade seine Flügel verschwinden ließ.

»Im Ort gibt es eine Autowerkstatt. Da leihen wir uns ein Auto.«

»Leihen?« Ich zog die Augenbrauen hoch.

»Das hier ist keine riesig große Insel. Die werden das Auto wohl wiederfinden«, erwiderte Eresz und grinste.

Ich seufzte. »Na fein.«

»Geh du nach vorne zur Straße und warte da auf mich. Es ist zwar noch sehr früh, aber hier gibt es wirklich viele Fischer, die dich vielleicht sehen könnten. Und ein einsames fremdes Mädchen irgendwo im nirgendwo vergisst man nicht so schnell. Wir gehen besser kein Risiko ein. Menschen halten keine Ich-bin-ein-Spion Schilder hoch.«

»Aye, aye, Captain«, murmelte ich und salutierte.

Eresz kniff die Augen zusammen und musterte mich, um sicher zu sein, dass ich ihn veralberte, aber ich verzog keine Miene.

Schließlich schnaubte er nur und ging Richtung Baleloch, während ich von der Küste weg und zur Straße ging. Ich setzte mich hinter einen Felsen und lugte nur dahinter hervor, wenn ich ein Auto hörte. Was nicht oft passierte und beim dritten Auto, ungefähr eine halbe Stunde später, war es auch schon Eresz. Er fuhr an den Rand der Straße und wartete nur so lange, bis ich ins Auto gesprungen war, dann fuhr er sofort wieder los.

Mein Herz pochte wild in meiner Brust und meine Hände zitterten. Ich wusste nicht genau, woher diese Furcht kam. Sie hatte schon eingesetzt, nachdem wir die Archive verlassen hatten und für längere Zeit unter freiem Himmel gewesen waren. Obwohl – es war nicht direkt Furcht, es war ein Gefühl von Bedrohung und das gefiel mir überhaupt nicht.

Eine Gänsehaut überlief mich. Am liebsten hätte ich mich wieder in irgendeinem dunklen Loch versteckt, mit einigen Metern Erde über meinem Kopf, damit die Engel mich auch ja nicht sehen konnten. Es machte mich ganz wahnsinnig, dass sie mich in genau diesem Moment vermutlich überwachten und ich nichts dagegen tun konnte.

Zum Glück war auch Eresz nicht zum Schwatzen aufgelegt. Er bretterte mit düsterer, wachsamer Miene durch die Landschaft, die mit Sicherheit wunderschön war, der ich aber im Moment nichts abgewinnen konnte. Das Auto »parkte« Eresz ein wenig außerhalb von Lochmaddy und wir gingen noch fünf Minuten zu Fuß in das Örtchen.

»Willkommen zurück in der Zivilisation«, murmelte Eresz.

In einer kleinen Bäckerei kauften wir uns Frühstück und eine Flasche Wasser und gingen dann zum Hafen, um uns für die Fähre nach Uig anzumelden. Wir hatten alles so genau austariert, dass wir nur zehn Minuten warten mussten, bis wir die Fähre betreten konnten.

»Glaubst du wirklich, das ist nötig?«, fragte ich leise, als wir uns sofort die hinterste Ecke im Aufenthaltsraum suchten und ich mich mit dem Rücken zum Rest des Raumes setzte, damit man mein Gesicht nicht sah.

Eresz schob mir mein Brötchen hin. »Ich weiß es nicht. Aber ich weiß, dass die Engel Zugriff auf eine Menge Spione haben. Menschen, die von ihnen belohnt werden und dafür die Augen aufsperren. Und die Engel wissen, dass es nicht viele Wege gibt, um von Stac an Armin wieder irgendwohin zu kommen. Diese Fähre ist einer davon.«

Ich schauderte und widerstand dem Drang, mich hektisch umzusehen. Eresz' Gesicht wurde weicher. »Ich schaue mich schon um und niemand würde es wagen, dich hier anzugreifen. Zu viele Menschen.«

Er strich mir eine Strähne aus dem Gesicht, seine Fingerspitzen berührten dabei wie beiläufig meine Schläfe. Ein warmes Kribbeln schoss von dort aus durch meinen Körper und mir stockte der Atem. Sofort zog Eresz die Hand zurück. Ich schluckte und spürte eine merkwürdige Enttäuschung, als das Kribbeln verschwand.

»Deine Haare sind wirklich sehr auffällig«, bemerkte er stirnrunzelnd.

»Das Problem, wenn wir nur tagsüber reisen können«, fügte ich hinzu, dankbar, für die Ablenkung. »Anders würde es mir auch besser gefallen.«

»Haben alle bei euch so helle Haare?«, fragte Eresz mit verhaltener Neugierde. »Dann würdet ihr ja alle gleich aussehen.«

Ich musste schmunzeln. »Na ja, wir sind alle blond, wenn auch mit verschiedenen Schattierungen. Meine Haare sind schon sehr hell, das stimmt. Samuel hatte so … so sandfarbene Haare. Gelb-Orange irgendwie. Keine Ahnung.«

»Und ich dachte, Frauen wären so gut darin, Farben zu unterscheiden. Chamois und so.«

»Ist das 'ne Krankheit?«, fragte ich verdutzt.

»Nee, das ist irgendwas Gelbes. Oh verdammt. Ich bin eine Frau.«

Ich musterte ihn von oben bis unten. »Sicher?«

Er beugte sich vor. »Vielleicht willst du das lieber überprüfen? Mein Angebot steht noch.«

Ich verzog das Gesicht und wich zurück. »Nein danke.«

»Wow, sei nicht gleich zu freundlich«, entrüstete er sich und verschränkte beleidigt die Arme vor der Brust, aber in seinen Augen funkelte der Schalk.

Ich schaute schnell aus dem kleinen runden Fenster und aß mein Brötchen, um mich von den wenig willkommenen Gefühlen in meinem Inneren abzulenken. Wenn Eresz so mit mir redete, konnte ich das Kribbeln nicht unterdrücken, das meinen Körper überlief.

Diese zweite Schiffsfahrt vertrug ich wesentlich besser als die Erste, aber der Wellengang war auch nicht so schlimm. Die Fähre war noch relativ leer und im Aufenthaltsraum saßen nur eine Familie mit zwei kleinen lärmenden Kindern und zwei ältere Herren in Ölkleidung. Hafenarbeiter oder Fischer. Sie tranken mit finsteren Mienen ihren Kaffee und beschwerten sich über alles, soweit ich das mitbekam. Die Queen, die Steuern, die Rente, die Steuern, die Queen, die Regierung, der Premierminister, das Kabinett, der Premierminister, die Steuern ...

Keiner der Anwesenden wirkte wie ein Spion, aber ich bezweifelte, dass einem Spion das auf der Stirn geschrieben stand. Ein Spion, den man aus zweitausend Metern Entfernung als Spion erkannte, war kein guter Spion. Und wenn ich noch einmal das Wort Spion dachte, würde ich mir selber eine Kugel in den Kopf jagen.

Wir warteten, bis die anderen Leute die Fähre verlassen hatten, dann gingen auch wir vom Schiff.

In Uig konnte man sich ein Auto leihen und es gab sogar die Möglichkeit, es in Portree am Flughafen zu lassen. Ich wartete draußen vor dem Laden, mit gesenktem Kopf, während Eresz die Formalitäten erledigte.

Auf einmal begann meine Haut zu kribbeln und zu jucken und unwillkürlich hob ich den Kopf. Auf der gegenüberliegenden Straßenseite stand eine Frau, eine Handtasche umklammernd, und starrte mich ausdruckslos an. Als sich unsere Blicke kreuzten, erwiderte sie meinen kalt und intensiv. Ich schluckte und das Atmen fiel mir auf einmal schwerer. In meinem Rücken klingelte es, ich fuhr zusammen und drehte mich um.

Eresz kam aus dem kleinen Laden heraus und drehte einen Schlüssel in der Hand. Als er meinen Gesichtsausdruck sah, wurde er sofort ernst.

»Maggie, was ist passiert?«, fragte er eindringlich.

Ich drehte mich wieder um, aber die Frau war fort. »Da ... da vorne war eine Frau. Und sie hat mich angestarrt. Ich weiß ... ich meine, das klingt ...« Ich brachte keinen vernünftigen Satz zustande.

Diese Frau, von der ich mir sicher war, dass sie eine Spionin war, hatte mir eine Heidenangst gemacht und das Gefühl der Bedrohung nur verstärkt.

»Ich weiß, ist schon gut. Lass uns schnell verschwinden ...« Mit einem Blick auf mein vermutlich kalkweißes Gesicht verstummte Eresz, nahm stattdessen meine Hand und zog mich hinter sich her.

Seine Hand in meiner hatte nichts Romantisches oder Aufdringliches an sich, es war beschützend. Das Gefühl kehrte in meine Gliedmaßen zurück und ich konnte die Angst ein klein wenig abschütteln.

Vielleicht funktionierte die Jagd ja auf diese Art. Sie trieb ihre Opfer in den Wahnsinn, wenn sie sie nicht erwischen konnten. Sie sorgte dafür, dass man sich Tag und Nacht so dermaßen verfolgt fühlte, dass man das Haus nicht mehr verlassen konnte und irgendwann einfach vor sich hinsiechte.

Die Leihwagen standen auf einem kleinen Parkplatz und Eresz hielt mir die Tür auf, während er sich wachsam umsah. Er schlug sie zu, als ich im Wagen saß und eilte auf die Fahrerseite. Innerhalb weniger Sekunden saß er, hatte Sitz und Spiegel richtig eingestellt und startete den Motor. Sobald wir die Ortsgrenze hinter uns gelassen hatten, gab er Gas.

Es war mittlerweile Vormittag und uns kamen deutlich mehr Autos entgegen. Einige schlichen in einem unglaublich langsamen Tempo vor uns her, aber wir kamen bald in Portree an und hatten den Flughafen kurz darauf erreicht.

»Den Schlüssel können wir im Flughafen abgeben, da gibt's einen Ableger des Autoverleihs«, erklärte Eresz und dicht nebeneinander liefen wir rasch auf das Flughafengebäude zu.

Erst die Türen im Rücken und von Menschen umgeben fühlte ich mich etwas sicherer. Wie Eresz gesagt hatte, inmitten von Menschen konnten mir die Engel nichts tun. Uns nichts tun, denn sie würden Eresz vermutlich auch töten, wenn schon nicht, weil er ein Dämon war, sondern weil er mir geholfen hatte. Ich fragte mich, was für die Engel wirklich schwerer wog.

Wir gaben unser Gepäck auf und dann begann das größte Warten dieses Tages. Anderthalb Stunden mussten wir jetzt überbrücken, bis das Boarding begann. Mittlerweile kannte ich mich mit Flügen ganz gut aus.

Wir kauften uns in einer Bäckerei einen Kaffee zum Mitnehmen und schlenderten dann durch die Duty-free-Läden, die sich hier aneinanderreihten. Unweigerlich landeten wir in einem Laden, der auch eine Menge Bücher verkaufte.

»Guck mal, die haben Band zwei!«, sagte ich aufgeregt und wedelte mit dem zweiten Teil von *A song of ice and fire* vor Eresz' Nase herum. Den ersten hatte ich vor einigen Tagen zu Ende gelesen. »Ich will es haben!«

Er sah mich an, als wäre ich ein bisschen verrückt. »Dein Ernst?«

»Ja! Du weißt, wie der erste Band ausgeht. Ich muss wissen, wie es weitergeht!«

»Du wirst kaum Zeit zum Lesen haben. Wir werden quer durch die Welt gejagt werden, hast du das vergessen?« Er massierte sich die Schläfe.

»Bitte!«

»Maggie ...«

»Bitte? Bitte? Bitte?«

Eresz starrte erst mich, dann das Buch in meiner Hand an, mit dem ich jetzt begann vor seinem Gesicht zu wedeln.

»Bitte?«

Er knurrte und riss mir das Buch aus der Hand. »Du bist ein Quälgeist. Aber fein, du hast gewonnen.«

Dann war es aber endlich Zeit fürs Boarding und, meine neue Errungenschaft an die Brust gepresst, gingen wir zum Gate.

Wir waren nicht die Ersten. Es gab immer welche, die fünf Stunden vorher da waren, um auch ja als erste ins Flugzeug zu kommen. Was bei der Möglichkeit der Sitzplatzreservierung und einem nicht ganz ausverkauften Flugzeug ziemlich lächerlich war. Das Boarding verlief reibungslos und ohne größere Zwischenfälle, und das Flugzeug startete auf die Minute pünktlich.

Der Flug verlief ohne Turbulenzen, was mir aber auch ziemlich egal war, denn ich hatte ja was zum Lesen. Ich hätte es vermutlich nicht mal gemerkt, wenn das Flugzeug um mich herum in seine Einzelteile zerfallen wäre. Außerdem vertraute ich darauf, dass Eresz uns wegfliegen würde. Der kriegte das schon hin.

In Aberdeen ging es sofort weiter, es gab eine gute Verbindung nach London. Die meisten, die vorhin mit uns im Flieger gesessen hatten, flogen auch mit uns weiter – plus die paar Dutzend, die dazu kamen. Dieser Flieger war deutlich voller.

In London angekommen suchten wir uns ein flughafennahes Hotel und mieteten uns für eine Nacht ein Zimmer. Der nächste

Flug würde nämlich deutlich länger dauern und ging erst am nächsten Tag.

»Achtzehn Stunden. Und dann sind wir noch nicht mal da, wo wir eigentlich hinwollen?«, wiederholte ich ungläubig, nachdem ich mich auf das gemütliche Bett geworfen hatte. Diesmal hatten wir nicht gespart und eines der besten Hotels genommen.

»Ja«, antwortete Eresz. »Es ist erst mittags. Die Jagd kann deine Position erst bei Einbruch der Nacht feststellen und in einer Großstadt geht man leichter unter als auf einer kleinen Insel. Willst du dir noch London ansehen?«

Damit hatte er mich erwischt. Und wie ich wollte!

Wir deckten uns noch schnell mit dem ein, was man so im täglichen Leben brauchte und was mit der Zeit etwas knapp geworden war. Dann schlenderten wir durch die Stadt. Wir liefen dabei an der Themse entlang und überquerten sie an der Tower Bridge. Mit dem Bus fuhren wir zum Piccadilly Circus und sahen uns noch China Town an.

»Nicht einmal ein halbes Jahr reicht aus, um London wirklich kennenzulernen«, erklärte Eresz auf dem Rückweg.

»Hast du hier mal gelebt?«, fragte ich neugierig.

Ich beneidete ihn immer darum, dass er schon so viele Orte gesehen und an so vielen verschiedenen Orten gelebt hatte. Zugegeben, ich hatte einen guten Start hingelegt, aber wir waren mehr auf der Flucht als alles andere und die meiste Zeit auf der Erde hatte ich gefühlt nur in Flugzeugen oder unter der Erde verbracht.

»Jep. Nur in Paris war ich länger. Lustig, übrigens, eigentlich hatte ich geplant gehabt nach Freiburg zu gehen, zwei Tage bevor du mir vor die Füße gestolpert bist«, erklärte er nachdenklich und nippte an seiner Cola.

»Was hat dich aufgehalten?«

»Keine Ahnung. Ich wollte dann doch noch nicht gehen.«

»Wärst du's nur mal«, erwiderte ich schwach lächelnd. »Du hättest dir eine Menge Stress erspart.«

»Ach Maggie, versuch das nicht. Du wirst mich nicht mehr los.« Er zwinkerte mir zu. »Ich hab sogar noch was für dich, damit ich in den nächsten Tagen meine Ruhe habe. Wir waren doch vorhin in dem Buchladen, da habe ich das hier gekauft.«

Er kramte in seinem Rucksack herum und zog schließlich eine Tüte hervor, in der ein flacher viereckiger Gegenstand war. Neugierig, und etwas argwöhnisch, holte ich ihn heraus – und machte große Augen. Es war ein E-Reader.

»Da sind bereits alle Bände von *A song of ice and fire* drauf, und weil ich dachte, es kann nicht schaden, auch alle Harry Potter und Herr der Ringe Teile. Falls wir verrecken, hast du wenigstens bedeutende Literatur vorher gelesen«, erklärte er selbstzufrieden.

»Wie gütig von dir«, spottete ich. »Nein, mal im Ernst. Danke.«

Er brummte etwas Unverständliches. Wir waren beide nicht so ganz der Typ fürs Bedanken – oder Dank annehmen. Aber es freute mich wirklich. Und machte mir noch schwerer, ihn nicht zu mögen.

Im Hotel angekommen aßen wir noch zu Abend, aber mittlerweile war es draußen dunkel geworden und das Gewitter, das vor dem komplett verglasten Raum toste, machte mich nicht unbedingt ruhiger und ließ den Knoten in meinem Magen wieder wachsen. Er war etwas kleiner geworden, das Sightseeing hatte mich abgelenkt. Und das Tageslicht, vor allem wohl das Tageslicht. Jetzt hatte ich weder das eine noch das andere und bekam von dem Essen kaum etwas runter.

Die Menschen um uns herum sahen zwar etwas erstaunt aus den Fenstern, schienen aber nicht weiter beunruhigt. Warum sollten sie auch?

Wir gingen also recht schnell auf unser Zimmer. Schließlich hatten wir noch die Zimmerservice Option, aber ich glaubte nicht, dass ich noch etwas runterkriegen würde und Eresz' Gesicht war wie versteinert. Ihm behagte die Sache auch nicht.

16. KAPITEL

Eresz

Maggie lag mit dem Rücken zum Fenster, das Gesicht der Tür zugewandt. Ich stand noch am Fenster und sah in das Blitzlichtgewitter über uns. Sie waren direkt über dem Hotel und hielten vermutlich nicht nur uns beide vom Schlafen ab. Zum Glück ging unser Flug erst am Abend, da würden wir den morgigen Tag wohl zum Schlaf nachholen nutzen. Was ein Dreck. Die Nächte machten sie einem zunichte und am Tag, wenn sie uns nicht verfolgen konnten, waren wir so gerädert von den vergangenen Stunden, dass wir auch nichts auf die Kette kriegten. Zumindest fühlte es sich so an. Aber es war vermutlich sowieso besser, wenn wir jetzt, da die Engel wieder genau wussten, wo Maggie war, nicht mehr als nötig hinausgingen.

Die Tage in den Archiven waren eine echte Wohltat gewesen. Da hatten wir nichts gehört und nichts gesehen. Das würde die nächsten Tage und Wochen vermutlich anders werden.

Frustriert und müde, aber unfähig die Augen zu schließen, legte ich mich ebenfalls in das übergroße Bett, bewusst weit von Maggie entfernt.

Als ich mich setzte, bewegte sich die Matratze und die Decke raschelte leise, aber Maggie zeigte mit keiner Bewegung an, ob sie mich bemerkte. Was sie getan hatte. Ich war mir ziemlich sicher, dass sie nicht schlief. Dafür atmete sie definitiv nicht ruhig genug und für einen Albtraum nicht hektisch genug. Ich beschäftigte mich definitiv zu viel mit Maggies Atemgewohnheiten. Manchmal machte ich mir selber Angst.

»Versuch zu schlafen«, murmelte ich. »Willst du auf meinem Handy Musik hören?«

Sie blieb eine ganze Weile stumm, dann drehte sie sich zu mir um und streckte die Hand aus. Wortlos.

Zu Befehl, Eure Majestät.

Vom Nachttisch griff ich mein Handy plus Kopfhörer und händigte ihr beides aus. Mein Passwort hatte sie sich natürlich mittlerweile gemerkt und den Weg zu meinen Musikdateien auch. Sie hielt mir einen der Kopfhörer hin.

»Dann hörst du das Gewitter aber trotzdem«, wandte ich ein.

»Die Musik lenkt mich genug ab.«

»*Rose Tattoo?*«, fragte ich, als sie sich zielsicher durch die Ordner tippte.

»Ich mag das Lied«, verteidigte sie sich

»Und ich habe nichts dagegen gesagt. Ich mag's auch, sonst wäre es wohl kaum auf meinem Handy.«

»Ergibt Sinn.« Sie grinste und schloss dann die Augen.

Sie hatte die Playlist auf Shuffle gestellt und da wechselte sich alles ab, Pop, Rock, Metal, Rap ... Ich diskriminierte keine Musikrichtung. Das machte man nicht!

Irgendwann waren wir wohl eingeschlafen, denn als ich die Augen aufschlug, schien die Sonne durch die Vorhänge und wir lagen deutlich näher beieinander, als noch in der Nacht. Ich hatte mir den Kopfhörer im Schlaf aus dem Ohr gezogen und leise Musik drang aus ihm.

Maggie schlief noch, jetzt war ihr Atem ruhig und gleichmäßig. Ich betrachtete ihr friedliches Gesicht. Ihre Wimpern schienen so lang, dass sie fast ihre Wange streiften, ihr Mund war leicht geöffnet ...

Ich sprang beinahe aus dem Bett und hechtete mehr als dass ich lief ins Bad, um mir eine schöne Dusche zu gönnen. Kalt. Am besten eiskalt.

Als ich aus dem Bad zurückkam, nur in ein Handtuch gewickelt, denn bei meinem überstürzten Aufbruch hatte ich Wechselsachen vergessen, war Maggie wach und reckte sich verschlafen.

Als sie mich sah, wurden ihre Augen erst ganz groß, dann hielt sie sich ein Kissen vors Gesicht.

»Ist das jetzt ein Kompliment oder eine Beleidigung?«, grübelte ich und ein zweites Kissen traf mich erstaunlich zielgenau.

»Weder noch. Das ist eine Aufforderung, dir sofort etwas anzuziehen!«, kam es dumpf hinter dem Kissen hervor.

»Willst du dabei im selben Raum bleiben oder …?«, fragte ich belustigt.

»Nein!«

Wie ich vorher sprang sie aus dem Bett, aber sie dachte an Wechselkleidung und ging hoch erhobenen Hauptes in einem großen Bogen um mich herum ins Bad. Ich lachte sie aus, bis ich das Wasser rauschen hörte und sicher sein konnte, dass sie mich nicht mehr hörte.

Eine halbe Stunde später gingen wir hinunter zum Frühstück. Das war das Gute an so teuren Hotels. Da bekam man auch nach den unmöglichsten Uhrzeiten noch seine Mahlzeit – und das Hotelbuffet war unglaublich. Es gab alles. Wirklich, alles.

Weil wir so spät waren, hatten wir die ganzen wichtigen, in ihre Handys plappernden Geschäftsleute verpasst. Nur vereinzelt waren besser betuchte Pärchen und allein reisende Touristen im Esszimmer – Langschläfer, die man nur mit ein paar Tassen Kaffee aus ihrem Schlafkoma wecken konnte und die dementsprechend leise waren. Sehr sympathisch. Außerdem war es leer genug, damit wir uns in einer Ecke etwas verstecken konnten.

Ich trank meinen obligatorischen Kaffee und gönnte mir ein richtiges englisches Frühstück, während Maggie sich an Tee und Orangensaft probierte und einen Pancake nach dem anderen aß.

»Das macht aber nicht sehr satt«, stellte ich mit einem Blick auf ihren Teller fest.

»Und das sieht nicht nach Frühstück aus«, erwiderte sie mit einem Blick auf meinen Teller.

»Sag das nicht dem gemeinen Engländer. Obwohl ... tu's doch. Ich weiß gar nicht, wie viele Engländer so was jeden Tag essen.«

»Wenn sie es tun würden, wäre die Übergewichtsrate wohl höher«, murmelte sie und angelte sich eine Gabel Bohnen von meiner Portion. »Das ist ja lecker. Aber immer noch kein Frühstück.«

»Ach, was ist denn deiner Meinung nach ein echtes Frühstück? Was gab's denn bei euch?« Das interessierte mich jetzt doch. Obwohl Johanna und ich einen Monat zusammen verbracht hatten, hatten wir nie über diese Alltäglichkeiten gesprochen.

»Brot. Also so Fladenbrote. Oder Toast. Nee. Auch nicht. Keine Ahnung, irgendwas Brotiges halt«, versuchte sie zu erklären.

»Brotiges?«, wiederholte ich mit hochgezogenen Brauen.

Sie verdrehte die Augen. »Du kannst ja heute Nacht mal die Jagd fragen.«

»Klar, ich streck einfach meinen Kopf aus dem Flugzeugfenster. Klingt nach einer guten Idee.«

»Gah!«, machte sie.

Das machte sie wirklich. Oder einen ähnlichen unartikulierten Laut. Dabei fuchtelte sie bedrohlich mit ihrer Gabel in der Luft herum. »Nimm doch nicht immer alles wörtlich.«

»Du bist aber niedlich, wenn du dich ärgerst«, stichelte ich und sie kniff die Augen zusammen.

»Weißt du, was bestimmt auch niedlich ist? Wenn ich meine Hände in deinem Brustkorb vergrabe und dir das Herz herausreiße. Oder dir die Zunge aus dem Mund schneide.«

»Das wäre nicht niedlich, das wäre ekelig. Und sehr schmerzhaft.«

»Für *dich*.« Sie lächelte mich unschuldig an.

»Na gut, es gab brotiges Zeug zum Frühstück«, lenkte ich ein, worüber wir dann doch lachen mussten.

»Wie schlagen wir den Tag jetzt noch tot? Ich bin zu müde, um rauszugehen«, erklärte sie gähnend.

»Geht mir auch so. Lesen? Fernsehgucken? Es gibt hier aber auch glaube ich einen Sauna- und Massagebereich«, fügte ich langsamer hinzu und wir sahen uns einen Moment abschätzend an.

Eine halbe Stunde später lag ich bei entspannter Musik und Kerzenschein auf einer flachen Liege und ließ mich massieren.

Maggie war im Nebenraum und gönnte sich wohl die gleiche Behandlung. Sie entschied sich danach aber noch für die eine oder andere Schönheitskur, während ich in die Sauna ging.

Neben mir waren da noch zwei andere Männer, die mir keine weitere Beachtung schenkten und immer noch vor sich hin verdampften, als ich schon längst kapituliert hatte und in das kalte Wasser des Schwimmbeckens gesprungen war. Nach drei Bahnen saß auf einmal Maggie am Beckenrand und ließ die Beine ins Wasser baumeln.

»Geh doch auch eine Runde schwimmen.«

»Keine Schwimmsachen.« Sie winkte ab. »Und ich kann nicht schwimmen.«

Ich zog mich halb auf den Beckenrand und stützte die Unterarme auf die Fliesen. »Echt nicht?«

»Nope.« Sie zuckte mit den Schultern. »Habe ich nie gelernt. Wo auch?«

Da hatte sie wohl Recht. Ich bezweifelte, dass es da oben offizielle Schwimmkurse gab. Meine Mutter hatte mir das Schwimmen beigebracht, als ich noch ganz klein gewesen war. Auch wenn ich mich am Anfang mit Händen und Füßen dagegen gesträubt hatte.

»Ich bring's dir irgendwann bei«, sagte ich spontan. Was nichts damit zu tun hatte, dass ich mir sicher war, dass ihr ein Bikini ausgezeichnet stehen würde.

»Mal sehen«, erwiderte sie zufrieden und begutachtete ihre hübsch gemachten Nägel.

»Hat Spaß gemacht?«, fragte ich grinsend.

Sie schmunzelte. »Ja. Erstaunlich. Aber immer könnte ich das nicht machen. Und ich bin mir nicht sicher, ob der Masseur einfach jede Verspannung gelöst oder mir einfach alle Knochen gebrochen hat.«

»Das ist normal.«

Ich schwamm zu der nicht weit entfernten Leiter und kletterte aus dem Wasser. Von der Liege schnappte ich mir das Handtuch. »Ich geh hier unten eben noch duschen. Gehst du schon mal hoch?«

»Ja, bis gleich.«

Sie stand auf und ging zur Tür. Ich schaute ihr dabei natürlich nicht hinterher. Und ganz sicher bemerkte ich dabei nicht ihre wiegenden Hüften oder wie gut die Jeans ihre Kurven betonte. So was würde ich natürlich nicht tun.

***

Sie hatte sich auf dem Sofa zusammengerollt, war in eine Decke gewickelt und schaute fern.

»Das ist cool.« Sie deutete auf den Bildschirm, auf dem gerade irgendwas in die Luft flog und dann eine blaue Telefonbox durchs Bild sauste.

»Oh meine Schwester hat das geguckt. Obwohl das glaube ich die neuen Folgen sind.«

Maggie warf mir einen fragenden Blick zu.

»Das ist Dr. Who.«

»Ach nee«, murmelte sie sarkastisch.

»Das läuft schon seit 1960 oder so. Die haben aber zwischendurch Pause gemacht und 2005 noch mal neu angefangen. Sagt meine Schwester zumindest, ich kenn mich da nicht so aus.«

»Hast du's nie geguckt?«

Ich zuckte mit den Schultern. »Ich wollte. Bin aber irgendwie nie dazu gekommen.«

»Muss furchtbar sein, wenn man so wenig Zeit hat wie du immer.«

Ich ignorierte ihren Seitenhieb, und weil sie keinerlei Anstalten machte, mir Platz zu machen, hob ich ihre Beine an, setzte mich aufs Sofa und legte ihre Beine dann über meine Oberschenkel. Sie funkelte mich böse an, wurde dann aber von den Geschehnissen auf dem Bildschirm abgelenkt. Unglücklicherweise kam nach dieser einen Folge irgendeine sehr schlechte Soap, die Maggie mit großen Augen und schief gelegtem Kopf beobachtete.

»Was ist das?«, fragte Maggie und schüttelte immer wieder den Kopf, während sie gebannt Chips aß.

»Willkommen in der zivilisierten Welt.«

»So was gucken sich Leute freiwillig an?«

»Klar. Das läuft den ganzen Tag, wenn man will.«

Maggie hangelte sich die Fernbedienung vom Tisch und schaltete den Fernseher mit einem angewiderten Gesichtsausdruck aus. »Das grenzt fast an Körperverletzung. Ich spüre meine Gehirnzellen sterben.«

»Da geht's nicht nur dir so«, tröstete ich sie. »Aber ab und zu kann man das ganz gut gucken und sich dann denken: Zum Glück bin ich ja so viel schlauer als die.«

»Menschen sind nicht sehr nett«, stellte sie fest.

»Stimmt. Aber stell dir vor, was die Menschen machen würden, wenn sie feststellten, sie wären ein Haufen dummer, entwickelter Affen?«

***

Den Rest des Tages döste ich vor mich hin, blätterte auf Maggies E-Reader herum oder hörte Musik. Dabei beobachtete ich sie die meiste Zeit jedoch. Sie war rastlos, las immer wieder ein paar Seiten, klaute sich mein Handy, zappte durch die Fernsehprogramme – und stand doch immer wieder vor dem Fenster.

Ich ließ sie in Ruhe. Ich erkannte den gehetzten Gesichtsausdruck von mir selbst, von Johanna, von meiner Mutter, und war mir ziemlich sicher, dass sie nicht über ihre Furcht sprechen wollte. Maggie war so furchtbar stolz. Und sehr selbstbewusst. Stark. Sie kämpfte jede Furcht mit eisernem Willen nieder, was ziemlich beeindruckend war.

Im Himmel gab es keine Rebellen, keine Freidenker, das hatte Johanna mir oft erzählt. In letzter Zeit fragte ich mich häufig, was genau sie gehört hatte, was ihre Flucht erklärte. Sie hatte nie darüber reden wollen und ich hatte sie nicht drängen wollen, aber jetzt fragte ich mich doch, ob es nicht etwas mit Maggie zu tun hatte. Oder mit den gefangenen Dämonen. Oder vielleicht auch mit etwas ganz anderem, aber irgendwie hatte ich das Gefühl, als wäre das alles kein Zufall.

Irgendwann war es Zeit, wir mussten zum Flughafen aufbrechen. Wir packten schnell unsere wenigen Sachen zusammen, die wir erstaunlich weit im Hotelzimmer verstreut hatten, und nahmen uns ein Taxi zum Flughafen. Der Check-In verlief ohne Probleme und sogar das Boarding begann pünktlich.

***

Das Flugzeug stellte sich als ziemlich geräumig heraus.

»Erste Klasse?«, fragte Maggie und strich mit den Fingern über die breiten Zweiersitze, die den gesamten Gang ausfüllten.

»Wir fliegen insgesamt circa sechszehn Stunden, glaub mir, du wirst das noch zu schätzen wissen.«

Sie ließ sich in den weich gepolsterten Sitz sinken und seufzte wohlig. »Das tue ich jetzt schon, glaube ich.«

Nicht nur die Sitze waren besser, sofort kam ein Flugbegleiter und bot uns Sektflöten an.

17. KAPITEL

Magdalena

Trotz erster Klasse und 1a-Service war es ein langer Flug. Acht Stunden hatten wir bereits geschafft. Das Einzige, was mich wirklich tröstete, war die Tatsache, dass es nicht gewitterte. Als wir am Flughafen gewesen waren, hatte es das noch getan.

»Warum glaubst du, geben sie hier auf?«, fragte ich.

»Na ja, sie wissen, wo der Flieger landet. Es wäre für die Menschen viel zu gefährlich, wenn sie ihren Angriff fortsetzen würden«, erklärte Eresz. »Aber hey, ich bin kein Experte. Das meiste sind nur Mutmaßungen.«

Ich murmelte etwas Unverständliches und sah aus dem kleinen Fenster in den Himmel. »Zum Glück sind sie weg. Ich vermisse es, die Sterne zu sehen. Seit ich sie hier auf der Erde das erste Mal gesehen habe ...« Ich verstummte und biss mir auf die Lippe.

Solche Sentimentalitäten wollte ich eigentlich nicht laut aussprechen, sie gingen schließlich niemanden etwas an. Eresz lehnte sich über mich, wobei er mir sehr nahe kam, und spähte aus dem Fenster. »Ja, ich versteh das ...«

Den Rest des Fluges verbrachte ich mit aus dem Fenster starren, lesen, einen dämlichen Film gucken und schlafen.

In Dubai angekommen stolperten wir mit allen anderen Menschen geschafft und mit vom langen Sitzen schmerzenden Gliedern aus dem Flieger. Im Wartebereich lief ich ein bisschen auf und ab und streckte mich, sehr zu Eresz Belustigung.

»Wie lange fliegen wir von hier aus noch?«, fragte ich, nachdem ich mich neben ihn in die Lounge gesetzt hatte. Durch unsere Erste-Klasse-Tickets waren wir in einer Art VIP-Bereich gelandet. Sehr angenehm.

»Noch mal acht Stunden. Wie gerade«, antwortete er und schloss mit hinter dem Kopf verschränkten Armen die Augen.

Durch die verglaste Fassade konnte ich das Rollfeld betrachten. Es dämmerte noch nicht, aber die Nacht war nicht mehr so dunkel. Das Gewitter hatte auch noch nicht eingesetzt. Vielleicht wussten sie, dass sie mich bis zur Morgendämmerung nicht erwischen konnten. Dennoch stimmte es mich misstrauisch. Ich wollte Eresz aber nicht deswegen stören und drehte weiter meine Kreise.

Zu dem Zeitpunkt war mir noch nicht klar, dass die Jagd nicht an solche Dinge dachte. Sie existierte, um zu töten, und das tat sie mit einer Wucht und einer Ausdauer, die unvorstellbar war. Wenn sie eine Taktik benutzten, dann hieß das nur eins: Höhere Mächte hatten sich eingeschaltet.

Der Aufenthalt in Dubai war ziemlich lang, aber wir verließen die Transitzone nicht. Irgendwann war ich wohl eingeschlafen, denn ich wurde davon wach, dass mich Eresz sanft an der Schulter rüttelte.

»Aufstehen, Maggie, es geht weiter«, drang seine Stimme durch den Nebel in meinen Kopf und ich stöhnte.

»Hab gerade geschlafen«, murmelte ich und setzte mich ächzend auf.

Der Raum schwankte und es dauerte ein bisschen, bis sich meine Augen auf scharf stellten und ich Umrisse erkennen konnte.

»Du kannst gleich weiterschlafen. Hier, trink das. Das ist Kaktuswasser und eine echte Spezialität.« Er hielt mir einen Becher hin, den ich etwas misstrauisch betrachtete.

Die Flüssigkeit war aber klar und roch nach nichts, also runter damit. Es schmeckte nach Wasser, aber merkwürdig frisch und belebend. Das dumpfe Hämmern in meinem Kopf ließ etwas nach und ich fühlte mich bereit, die paar Schritte zum Flugzeug zurückzulegen.

Der zweite Teil des Fluges verging schnell – was vielleicht auch daran lag, dass ich die meiste Zeit schlief und erst richtig wach war, als wir in den Landeanflug gingen.

Die Sicherheitskontrollen in Kapstadt waren strenger und unsere Pässe wurden deutlich länger studiert. Ich musste mich wirklich anstrengen, dabei gelangweilt und genervt auszusehen und nicht kriminell. Der Sicherheitstyp stellte uns ein paar Fragen, die ich für Eresz übersetzte und beantwortete, und wir spielten wieder das frisch verliebte Pärchen – eine Rolle, die Eresz offensichtlich diebische Freude bereitete. Vielleicht aber auch nur, weil er wusste, wie sehr es mich ärgerte.

Es war später Vormittag, als wir die Kontrollen hinter uns lassen konnten. Draußen regnete es zum Glück nicht und es war mit 17 Grad relativ warm, dafür, dass hier ja Spätherbst war. Was mich verwirrte.

Wir aßen in einem der Flughafenbistros, weil zumindest ich ein großes knurrendes Monster im Bauch sitzen hatte. Ich konnte unmöglich noch die einstündige Busfahrt bis zum Hotel durchhalten!

»Du hättest auch einfach im Flugzeug was essen können. Das Essen war wirklich nicht schlecht«, fügte Eresz anklagend hinzu, während er mir zusah.

»Da hatte ich ja keinen Hunger?«, erwiderte ich hoheitsvoll.

Nicht, dass er sich davon aus der Ruhe bringen ließ. Aber ich durfte in Ruhe aufessen und danach fuhren wir ins Hotel.

Der Ausflug zum Kap der guten Hoffnung war erst Morgen. Es war eine geführte Tour, allerdings war uns jetzt schon klar, dass wir uns im Laufe des Tages davonschleichen würden. Wir mussten dann jedoch schnell sein und hoffen, Den Schmied bis zum Abend zu finden oder zumindest einen Unterschlupf. Ansonsten hatten wir ein Problem. Das war der große Schwachpunkt in unserem Plan, über den wir vermieden zu reden. Was auch keine Lösung war, aber ... was würde es ändern? Wir hatten uns aus all den Notizen einen ungefähren Radius herausgesucht, in dem wir Den Alten Schmied finden würden, voraussichtlich, wenn er noch lebte, wenn die Aufzeichnungen korrekt waren, wenn, wenn, wenn ...

Der Bus ruckelte über ein Schlagloch und wir wurden ordentlich durchgeschüttelt, aber das riss mich nicht aus meinen düsteren Gedanken. Erst, als Eresz meine Hand in seine nahm, drehte ich mich vom Fenster weg. Er lächelte schief. Nicht spöttisch, wie sonst oft, sondern beruhigend, als hätte er meine Gedanken erraten.

»Wir schaffen das, Maggie«, sagte er leise und drückte meine Hand.

Die Geste tat eigenartig gut, auch, weil ich sie so selten erlebt hatte.

»Und wenn nicht?«

Eresz' Lächeln wurde breiter. »Dann töten wir so viele, wie wir können, und dann sterben wir.«

»Wie aufbauend«, antwortete ich trocken. »Es tat weh, weißt du? Als sie mich in Paris gefunden haben. Es tat ... unglaublich weh.«

Seine Miene wurde ernster.

»Es hat sich so angefühlt, als würde mein Blut kochen, oder als würde man mir die Haut abschälen oder ...«

»Sch«, machte er und nahm meine andere Hand in seine. »Maggie. Denk nicht darüber nach.«

»Aber ich muss, denn das ist es doch, was passieren wird. Oder ...« Ich sah ihn an. »Oder, wenn die Lage so aussichtslos ist, dass wir sterben werden ... würdest du mich töten? Bitte?«

Seine Augen weiteten sich und ein Ausdruck puren Entsetzens huschte über sein Gesicht. »Maggie«, flüsterte er, die Worte kaum mehr als ein Hauch.

»Bitte.«

»Ich ... Wenn es ganz sicher ist, dass wir sterben und wenn sie es so versuchen, wie sie es schon einmal getan haben und wenn ich die Chance dazu habe dann ... ich ... ich kann es versuchen.«

»Kannst du es auch versprechen?«, fragte ich unerbittlich.

Der Gedanke war mir erst gerade gekommen und mir war klar, wie egoistisch diese Bitte war. Aber ich wollte nicht, dass sie mich erwischten. Dass sie mich auf diese Art und Weise töteten ... Oder wer weiß was mit mir anstellten. Vielleicht waren sie mittlerweile so wütend, dass es ihnen nicht reichen würde, mich einfach nur umzubringen.

»Nein. Nur, dass ich es versuche. Vielleicht bin ich nicht nah genug. Vielleicht bin ich auch vorher tot. Und vielleicht würde ich es gar nicht schaffen«, antwortete er, gezwungen ruhig.

»Warum besprechen wir so was eigentlich immer an öffentlichen Orten?«, fragte er nach einigen Sekunden Schweigen.

»Damit wir uns danach nicht in die Augen sehen müssen?«, schlug ich vor.

In dem Moment fiel mir auf, dass er immer noch meine Hände hielt. Und gerade, als ich die Berührung beenden wollte, tat er es selbst. Jetzt wirkte sein Lächeln aber etwas ehrlicher.

»Wahrscheinlich. Zerbrich dir nicht deinen hübschen Kopf über so was.« Er wuschelte mir doch tatsächlich durch die Haare.

Gott, ich vermisste es, dunkle Haare zu haben. Nur im Hotel in London hatte ich es gewagt, am Abend in das Sternenlicht zu treten, das durch die Fenster schien. Ich wollte einfach so viel Abstand zwischen mich und die Engel bekommen wie möglich. Mental. Und am liebsten auch physisch, aber da spielten die ja irgendwie nicht mit.

Das Hotel, an dem wir einige Minuten später ankamen, war luxuriös. Fünf Sterne hatte das auf jeden Fall. Wir wurden persönlich mit einem Erfrischungsgetränk begrüßt und auf unser Zimmer geführt.

»Diese Suite besitzt eine eigene kleine Küche, das Frühstück und kleinere Snacks sind in Ihrem Tarif selbstverständlich eingeschlossen, genauso wie jedes Getränk. Auf dem Gelände gibt es ein japanisches Restaurant, ein kleines Café und ein Bistro mit heimischer Küche«, erklärte uns der Page freundlich – auf fließendem Englisch natürlich. »Das Bad ist dort drüben, Sie werden dort neben der Dusche einen Whirlpool finden, der hoffentlich zu Ihrer Zufriedenheit ist. Der Balkon bietet Ihnen einen wunderschönen Ausblick auf den Tafelberg und im Poolbereich gibt es einen abgetrennten Bereich, der nur für die wenigen Mieter dieser Suiten gedacht ist.«

Eresz legte mir ganz selbstverständlich den Arm um die Schultern. »Das ist perfekt, oder, Schatz?«

»Ja, es ist wunderschön«, stimmte ich zu – was ja nicht gelogen war, aber bei seinem Kosenamen überlief mich ein kalter Schauder. Das war ja widerlich. So was sagten Menschen wirklich zueinander? Eresz zwinkerte mir unverschämt zu.

Der Page klärte uns noch darüber auf, dass er für Fragen jederzeit bereitstünde und so weiter und so fort. Dann verschwand er.

Den Rest des Tages, der nicht mehr allzu lang war, saß ich auf dem Balkon im Schatten eines Sonnenschirms und las oder sah auf die Landschaft. Sie war wirklich atemberaubend. Es war einigermaßen klar, zum Glück, sodass ich das Gebirge sehen konnte. Es war das erste Mal, dass ich eins sah, zumindest von so nahe.

Eresz blieb im Zimmer, die Sonne bekam ihm nicht gut. Zum Abendessen gingen wir in das japanische Restaurant, war mal was Neues. Na ja, für mich war ja alles neu.

Von der langen Reise waren wir aber erschöpft, auch wenn ich im Flieger die meiste Zeit geschlafen hatte, und wir gingen schnell auf unser Zimmer. Das ganze Bad war aus feinstem Marmor, hell, freundlich und sehr sauber. Es roch nach Seife und frisch gewaschenen Handtüchern und ich beäugte abwägend die Dusche. Dem Bad schenkte wohl nur ich größere Beachtung, denn Eresz blieb nur fünf Minuten und fiel danach wie ein Stein ins Bett. Als ich aus dem Bad wiederkam, schlief Eresz schon.

Ich legte mich auf die andere Seite des Bettes, die näher am Fenster war, und stellte fest, dass es mich kaum mehr irritierte mit ihm in einem Bett zu schlafen. Ganz zu Anfang unserer Bekanntschaft, in seiner Wohnung in Paris, als wir unabsichtlich nebeneinander eingeschlafen waren, hatte es mich noch gegrault, aber jetzt ... Was war schon dabei? Es war nichts Besonderes. Ich versuchte mich auf seine Anwesenheit zu konzentrieren. Auf seine ruhigen Atemzüge, die sich mit den Geräuschen des Gewitters vermischten. Aber die Panik stieg trotzdem in mir hoch. Die, die in Paris noch geschlafen hatte und erst außerhalb der Archive richtig zurückgekehrt war. Die Panik, die in London dafür gesorgt hatte, dass ich kaum geschlafen hatte, obwohl ich Eresz' Musik in den Ohren gehabt hatte. Trotzdem breitete sie sich in meinem Körper aus, ohne dass ich etwas dagegen tun konnte. Wie kaltes Wasser, das man über den Kopf gekippt bekam und das sich seinen Weg über jeden Zentimeter freier Haut bahnte. Ich schloss die Augen und drehte mich vom Fenster weg, um die Blitze zumindest nicht mehr als grelle Lichtexplosion hinter meinen geschlossenen Lidern zu sehen. Das Donnern verschwand natürlich trotzdem nicht.

Mitten in der Nacht wurde ich von einer Stimme geweckt. Einer Stimme, die mir nur vage vertraut vorkam und es dauerte eine ganze Weile, bis ich die Situation einordnen konnte. Ich lag immer noch in dem Hotelbett, aber jemand hatte mir die Decke weggezogen und kühle Nachtluft strich über meine Haut. Draußen regnete und donnerte es.

Eresz wälzte sich umher, und als sich meine Augen an das Halbdunkel gewöhnt hatten, sah ich, wie sich seine Augen wild unter seinen Lidern bewegten. Zwischendurch murmelte er etwas, aber seine Stimme klang so ... jung.

»Eresz?«, flüsterte ich – und stellte schnell fest, dass man meine

Stimme über den Lärm draußen kaum hören konnte. »Eresz! Wach auf, du hast einen Albtraum!«

Ich kroch ein Stück auf ihn zu, um meine Hand auf seine Schulter zu legen. Ich zuckte kurz zurück, als er um sich schlug, erwischte dann in einem günstigen Augenblick seinen Arm. Was ich dabei nicht bedachte, war, dass er davon zwar sofort aufwachte, aber im Kopf immer noch in seinem Traum steckte. Ich ächzte, als ich zurückgeworfen wurde.

Im Bruchteil einer Sekunde lag ich auf dem Rücken und Eresz kniete über mir, mit weit aufgerissenen Augen, schwer atmend. Er starrte mich an und ich erwiderte seinen Blick beunruhigt. Er sah nicht gut aus, irgendwie wild. Erst langsam klärte sich sein Blick und dann dauerte es noch mal einige Sekunden, bis er zu realisieren begann, wo er war. Er wich sofort zurück.

»Maggie?«, fragte er benommen.

»Ja. Dir auch einen guten Morgen«, erwiderte ich, etwas überrumpelt von dem, was soeben geschehen war, und richtete mich auf.

»Entschuldige«, murmelte er und strich sich fahrig durch die Haare.

»Was war los? Hattest du einen Albtraum?«

»Ich habe nicht oft welche«, antwortete er widerstrebend. Stille senkte sich über uns. Eresz sah blasser aus als sonst, seine Augen zuckten unruhig und seine Hände lagen zu Fäusten verkrampft auf der Decke. Einige Sekunden verspürte ich Überforderung, wusste nicht, was ich tun sollte, um ihm zu helfen. Ich wusste nur, dass ich es *wollte*. Ich gab mir einen Ruck.

»Worum ging's?«, fragte ich nach.

Eresz wandte den Blick vom Fenster ab und sah mich an. Er schluckte.

»Du musst nicht darüber reden, aber vielleicht hilft es ja. Ich bin ein Engel, ich tue so was, schon vergessen?«, startete ich den Versuch eines Witzes.

Er erwiderte ihn mit einem halbherzigen Lächeln. Immerhin.

»Es ging um meine Mutter«, begann er widerstrebend. »An dem Tag, an dem sie mir gesagt hat, dass ich gehen muss.«

Ich erinnerte mich dunkel daran, dass er das mal erwähnt, aber es sofort heruntergespielt hatte, als wäre es nicht weiter schlimm. Als er älter geworden war, waren seine Dämonen-Gene ausgebrochen und aus Angst, dass man ihn und seine Familie entdeckte, hatte er sie verlassen und ständig den Ort wechseln müssen.

»Sie wollte nicht, dass ich gehe. Also, ›gehen muss‹ ist vermutlich falsch. Aber ...« Er fuhr sich wieder durch die Haare, während er nach den passenden Worten suchte.

Ich blieb stumm, damit er in Ruhe seine Gedanken sortieren konnte.

»Es war der Morgen, an dem ich mich das erste Mal gewandelt habe. Mit Flügeln und allem Drum und Dran und die Sonne hat mir fast die Haut weggeätzt. Meine Schwester und ich hatten hinter dem Haus irgendein Brettspiel gespielt, sodass es niemand gesehen hat. Zum Glück, sonst wären wir sofort aufgeflogen. Ich bin im Haus wieder zu mir gekommen und meine Mutter hat aufgeregt mit jemandem telefoniert und meine Schwester hat geweint, das weiß ich noch. Meine Mutter hat mir dann erklärt, was passiert ist. Ich meine, ich wusste es ja eigentlich. Uns war ja schon fast klar, dass ich die Gene meines Vaters geerbt hatte und ich wusste auch eigentlich schon, was ich tun musste, aber ...«

»Wirklich zu gehen war dann doch schlimmer«, beendete ich seinen Satz leise und wusste genau, was er meinte.

Schon vor dem Tag, an dem ich gesprungen war, hatte ich hin und wieder darüber nachgedacht, mich einfach fallen zu lassen und zu sehen, wo ich landete. Aber ich hatte es nie getan, hatte mich nie überwinden können, diese letzten paar Schritte zu tun, bis ich gezwungen worden war. Eresz war ja auch mehr oder weniger dazu gezwungen worden. Wir waren uns ähnlicher, als ich dachte.

Er schien dasselbe zu denken, wenn seine Augen irgendetwas verrieten. Da war Verständnis. Und Dankbarkeit, dass er nicht jedes Wort aussprechen musste.

»Der ganze Tag war einfach nur verwirrend und chaotisch und durcheinander. Als es dunkel wurde, habe ich ein Taxi zum nächsten Flughafen genommen und ein Flugzeug nach Amerika erwischt. Ich habe mir nie viele Gedanken darüber gemacht, wie hart es für meine Mutter gewesen sein musste, mich gehen zu lassen. Oder für meine Schwester. Immer nur, wie schlecht es mir dabei ging. Manchmal habe ich sogar gedacht, dass sie froh waren, mich los zu sein.« Er schüttelte den Kopf.

»Das waren sie bestimmt nicht«, sagte ich überzeugt, auch wenn ich keine Ahnung hatte. Ich wusste nicht, wie es war, Teil einer Familie zu sein. Aber so, wie Eresz von seiner Mutter und seiner Schwester erzählte, konnte ich mir nicht vorstellen, dass sie ihn nicht vermissten. Er liebte sie beide so sehr. Sie mussten ein inniges Verhältnis gehabt haben.

»Ich weiß. Tobias hat Kontakt zu ihnen und hat mir eine Menge erzählt.«

Wir schwiegen eine Weile einvernehmlich, an Schlaf war nicht zu denken. Das Gewitter war in meinem Bewusstsein erstaunlich weit in den Hintergrund gerückt.

»Wie ist es, geliebt zu werden, Eresz?«, fragte ich irgendwann, ohne darüber wirklich nachgedacht zu haben.

Er sah mich überrascht an. »Ich weiß nicht, ob man das beschreiben kann«, erwiderte er zögernd. »Es ist warm. Und man fühlt sich beschützt. Ich wusste immer, wenn ich bei meiner Mutter bin, dann kann mir nichts passieren. Was natürlich Schwachsinn ist. Sie war, trotz allem, nur ein Mensch, und wenn die Engel uns gefunden hätten ... Aber das war egal. Es nimmt einem die Angst. Und gibt Kraft.«

Ich spielte mit dem Zipfel der Decke und starrte in die verregnete Nacht hinaus. »Ich glaube, das möchte ich irgendwann erleben.«

Eresz antwortete darauf nicht. Das musste er auch nicht.

18. KAPITEL

Eresz

Am nächsten Morgen waren wir ziemlich gerädert, da wir nach unserem Gespräch, das nach Maggies überraschender Frage schnell beendet gewesen war, nicht mehr viel geschlafen hatten, und die Tour begann früh.

Mit von der Partie war neben zwei Guides eine vierköpfige deutsche Familie, wie wir schnell feststellten, ein Archäologe, der dem älteren der beiden Kinder sein vollbeschriebenes Notizbuch zeigte, und zwei junge Männer, die offensichtlich eine Weltreise machten. Ein sehr durchwachsener Haufen also.

Maggies Gesicht sagte mir, dass sie nicht wusste, wer nerviger war. Da sie die einzige weibliche Person abgesehen von der Mutter war, hatte das Mädchen anscheinend entschieden, dass sie nun beste Freunde wären und hing an ihr wie eine Klette. Während der Archäologe schon bevor die Tour überhaupt losging, alles und jeden über alles und jeden aufklärte, ungeachtet davon, ob ihn jemand fragte.

Zumindest schien sie nicht zu bemerken, dass ihr die beiden Männer – solche von der ganz coolen Sorte – permanent anzügliche Blicke zuwarfen. Ich schon. Damit hatten sie mein Ranking auf jeden Fall gewonnen.

Ich hoffte nur, wir würden schnell eine Gelegenheit haben zu verschwinden. Wir hatten schließlich auch verdammt wenig Zeit. Wir glaubten zu wissen, dass sich Der Alte Schmied irgendwo im Gebiet um das Kap der guten Hoffnung, der südwestlichste Zipfel Afrikas, aufhielt. Wir stützten uns da auf Zeugenberichte, auf Legenden – und vor allem auf eins, das uns im Notfall das Leben retten sollte: Der Schmied erschien denen, die Hilfe benötigten.

Ich konnte mir das nur so erklären, dass er sich ebenfalls in einem Raum außerhalb dieser Dimension aufhielt und somit nicht fest an einen Ort gebunden war. Man musste sich also nur dreimal im Kreis drehen und auf den Boden spucken oder so. Wahrscheinlich eher oder so. Das war unsere einzige Hoffnung. Wie ironisch. Hoffnung am Kap der guten Hoffnung, an der so viele Seemänner jede Hoffnung verloren und an den Klippen zerschellt waren.

Aus den Augenwinkeln sah ich, wie Maggie sich an den Fingern zog, was dieses widerlich knackende Geräusch der Gelenke auslöste. Ihre Knie wippten schnell auf und ab und generell schien sie grässlich unter Spannung zu stehen. Na ja, das konnte ich ihr eigentlich nicht verübeln.

»Das wird schon klappen«, flüsterte ich ihr zu.

Wir fuhren in einem kleinen Bus die 40 km bis zum Startort der Tour, an deren Mitte wir das Kap erreichen würden. Wir hatten uns ganz nach hinten gesetzt, und nachdem den beiden Blagen nach fünf Minuten schlecht geworden war, mussten sie vorne sitzen. Sie ließen sich etwas von dem Archäologen erzählen, den sie irgendwie dazu gebracht hatten, eine spannende Abenteuergeschichte über einen gewaltigen Dinosaurier-Kampf zu erzählen. Die Eltern lächelten nachsichtig – und verdammt erleichtert, dass mal ein anderer mit der Bespaßung ihres Nachwuchses beschäftigt war.

Maggie zog ihre Mundwinkel zu einem gequälten Lächeln und deutete unauffällig auf die beiden jungen Männer. »Mir gefällt nicht, wie sie uns angucken.«

»Sie gucken dich an, du gefällst ihnen.«

»Ja, nein, das meine ich nicht. Den Blick kenne ich, so guckst du mich an.«

Ich verschluckte mich fast. Sie sah mich aus unschuldigen braunen Augen an.

»Touché«, murmelte ich, in Ermangelung einer besseren Antwort. Hatte sie da eben mit mir geflirtet?

»Sie beobachten uns. Sie sind hinter uns eingestiegen, obwohl sie vor uns am Bus standen. Und sie drehen sich die ganze Zeit zu uns um, als hätten sie Sorge, wir würden die Hinterseite des Busses aufsprengen und herausspringen.«

In den folgenden Minuten schenkte ich den beiden etwas mehr Aufmerksamkeit, was mich auch etwas davon ablenkte, dass Maggies Oberschenkel bei jedem Schlagloch meinen berührte, und stellte fest, dass sie recht hatte.

Das gefiel mir nun noch weniger. Sie waren definitiv keine Engel, das hätte ich gemerkt. Aber das hieß nicht, dass sie keine Spione waren. Dienstboten. Das war natürlich pfiffig, die Welt bereisen und dabei immer mal wieder Störenfriede und übrig gebliebene Dämonen aufspüren. Das würde das Wegschleichen noch schwieriger machen. Bevor wir uns mit diesem Problem beschäftigen, stand uns jedoch noch mehr als ein halber Tag bevor. Der erste Halt war Muizenberg, dessen einzige Attraktion ein Strand war. Okay, er war sehr lang, aber ...

»Ein sehr langer Strand? Das war's? Deswegen halten wir?«, fragte Maggie.

»Du wolltest doch Meer sehen«, antwortete ich schulterzuckend.

Wir würden noch eine ganze Menge mehr Meer sehen, aber das verschwieg ich erst einmal. Es hatte allerdings angefangen zu regnen, daher fiel unser Aufenthalt recht kurz aus. Doch trotz Maggies anfänglicher Nörgelei stellte ich fest, wie sie dem Meer einen sehnsüchtigen Blick zuwarf.

Okay, mit Maggie zum Meer fahren stand nun auch auf meiner Liste der Dinge, die wir machen würden, wenn wir das überstanden hatten. Nein, wir redeten nicht weiter über das Wort »wir« in diesem Satz.

Der nächste Halt war in einem kleineren Örtchen, wo wir eine Mittagspause einlegten. Oder eine Vormittagspause, so viel Zeit war schließlich auch noch nicht vergangen. Es gab Sandwiches und Getränke.

»In Simons Town gibt es einige sehr schöne Bistros, da können Sie einen Kaffee trinken«, klärte uns der Führer auf, als wir auch schon Simons Town erreichten.

Es nieselte, und auch wenn die Sonne ab und an hinter den grauen Wolken hervorschien, war es zu kühl, als dass wir mit Pinguinen hätten baden können. Immerhin konnten wir sie sehen, was bei den Kindern, und Maggie, zu großer Begeisterung führte. Nicht, dass sie das je zugeben würde, aber während sie die Tierchen beobachtete, lächelte sie die ganze Zeit und schien nicht einmal halb so genervt von dem ausufernden Gebaren der Kinder, wie sie es sonst gewesen wäre.

Da die Sonne ein wenig hervorgekommen war, entschloss man sich dazu, noch einen kleinen Rundgang durch die Stadt zu machen.

»Es ist echt touristisch«, murmelte ich, als wir eine der Einkaufsstraßen entlangschlenderten.

»Ist der Name noch aus der Kolonialzeit?«, fragte Maggie und ich sah sie überrascht an. Sie bemerkte das und schnitt eine Grimasse.

»So was wurde mir zwar nicht von den Engeln beigebracht, aber man kann darüber lesen. Und bevor du fragst: Ja, die Bücherauswahl im Außenbezirk war merkwürdig und ziemlich lückenhaft. Näher an der Quelle sah das wohl anders aus, aber zu uns kamen nur übriggebliebene Bücher oder solche, die von anderen Engeln mitgebracht wurden.«

»Ihr hattet keinen richtigen Unterricht?«

Maggie zögerte und ließ ihre Augen über ein Schaufenster wandern, das Schmuck ausstellte; Lederkram, mit Perlen und Holzstückchen dran.

»Ja. Nein. Ein bisschen. Wir lernen lesen und schreiben und rechnen, aber man braucht es nicht wirklich. Rechnen schon gar nicht.«

»Okay, ich werde mir merken, dass ich dich nie mit der Finanzierung von etwas beauftrage.«

Maggie schlug mir halbherzig gegen die Schulter, aber ich ging nicht darauf ein, sondern stieß eine Ladentür auf.

»He, was machst du da?«, frage sie sofort.

»Ich werde mir nicht den ganzen Tag dein Gejammer anhören, weil du so gerne dieses Armband hättest, das du angestarrt hast.«

Sie öffnete den Mund, um zu protestieren. Dann schloss sie ihn wieder und zuckte mit den Achseln. Braves Mädchen. Das Armband hatte rote Perlen und irgend so ein Symbol.

»Hoffnung«, sagte die Verkäuferin strahlend. Ja, ist klar, und sie kramte unter der Theke ein zweites hervor. Es hatte keine Perlen, nur dieses Symbol aus Holz und war breiter. Sogar ich erkannte es als Männerarmband.

»Hoffnung für junges Paar, hm?«, sagte sie in gebrochenem Englisch und lächelte uns freundlich an.

»Na ja, wenn es etwas gibt, was wir gebrauchen können, dann Hoffnung«, murmelte Maggie.

Das Armband erinnerte mich an die Freundschaftsbänder, die meine Schwester und ich mal gehabt hatten. Irgendwann war es zerrissen und ich hatte es verloren. Und obwohl ich mir einredete, dass es nur ein Armband sei und es mich nicht kümmerte, fehlte mir etwas. Also ließ ich mich breitschlagen. Und es sah ja wirklich ganz cool aus.

»Steht dir«, sagte Maggie leichthin, nachdem wir den Laden verlassen hatten.

»Hm? Danke«, murmelte ich abwesend, denn direkt gegenüber vom Laden studierten die beiden Weltreisenden ein Schaufenster und einer von ihnen beobachtete uns in der Spiegelung.

Wenn noch irgendein Zweifel bestanden hatte, dann war er jetzt so langsam aus dem Weg geräumt. Das konnte man ja wirklich nicht mehr mit Fürsorge verwechseln und schon gar nicht mit aufdringlichem Interesse.

Maggie folgte meinem Blick und die Leichtigkeit verschwand aus ihrem Gesicht. Es wurde wieder ernster und sie begann auch wieder an ihren Fingern zu ziehen. Kurzerhand umschloss ich ihre Hand mit meiner. Diese Geräusche waren nicht zu ertragen.

***

Nach Simons Town ging es weiter durch den Nationalpark, in dem man eigentlich eine ganze Menge Tiere sehen konnte. Allerdings schienen sie Regen genauso dämlich zu finden wie Touristen und ließen sich nicht blicken. Auch die »Flora und Fauna«, wie der Archäologe so schön sagte, ich hätte mir vielleicht wirklich mal die Namen merken sollen, verlor eindeutig an Reiz, wenn die Blätter unter der Last des Wassers nach unten sackten. Die letzte Station vor dem Kap war ein Aussichtspunkt.

Die beiden Kinder rannten sofort nach vorne, gefolgt von ihren besorgten Eltern, die anscheinend Angst hatten, dass sie sich über den hohen Zaun stürzten. Der Archäologe, vielleicht hieß er ja wirklich so (»Gestatten, ich bin Archäologe«), schlenderte etwas gemütlicher hinter der Gruppe her. Er schien daran eher wenig Interesse zu haben. Die beiden Kerle folgten uns relativ dicht auf dem Fuß, was wirklich unglaublich auffällig war. Wenn ich ihr Boss wäre, hätte ich sie zu einem Kurs in Unauffälligkeit verdonnert.

Maggie starrte auf die Ebene und das Meer hinaus, die sich unter uns ausbreiteten. Es war wirklich eine fantastische Aussicht, die jedes Gespräch verstummen ließ. Der Regen hatte sich wieder verzogen und einige Sonnenstrahlen brachen durch die Wolken und tauchten das Land in ein unwirkliches weiches Licht. Es war bereits Nachmittag, eine Entwicklung, die mir überhaupt nicht gefiel. Mit jeder Minute lief uns die Zeit weiter davon und wir hatten immer noch keine Ahnung, wo wir nach Dem Schmied suchen sollten.

»Hübsch. Hier liegen unsere toten Körper wenigstens nett«, murmelte Maggie.

»Mit der Einstellung sowieso«, erwiderte ich.

»Ach, seit wann ist der Herr unter die positiven Denker gegangen?«

»Ich dachte einfach, wir wechseln uns da ab. Zwei Pessimisten auf einem Haufen sind nicht förderlich.«

Wie immer hatte ich das Bedürfnis, sie aufzuheitern und abzulenken, wenn sie so düster drauf war. Manchmal klappte es, manchmal, wie jetzt, nicht, aber das konnte ich ihr kaum verübeln.

Je weiter die Sonne den Horizont entlangwanderte, je länger die Schatten wurden, desto unruhiger wurde ich. Wir hätten uns natürlich auch ein Auto mieten und den Weg alleine fahren können, aber wir hatten uns gedacht, es wäre unauffälliger, es als Reisende in einer Gruppe zu tun.

Ich war mir nämlich fast sicher, dass diese beiden Spione uns schon seit unserer Ankunft im Blick hatten, und wenn sie uns alleine erwischt oder auf dem Weg abgefangen hätten, wäre es sofort zum Kampf gekommen. Sie hätten uns nur so lange ablenken und schwächen müssen, bis es Nacht geworden wäre.

Also hatten wir uns für diesen Zeitdruck entschieden, um den Schutz einer Gruppe zu nutzen und trotzdem so nah wie möglich dorthin zu gelangen, wo wir hinmussten. Gut versteckt im Rucksack und unter unserer Kleidung waren wir bewaffnet. Die Nacht sollte ruhig kommen, die Jagd würde uns nicht ohne Verluste überwältigen können.

Endlich ging es weiter zum Kap. Das Kap der guten Hoffnung war Teil einer Landschaft, die man den Kap-Faltengürtel nannte. Er breitete sich hunderte Kilometer nach Norden und Osten aus und hatte einige höhere Erhebungen. Es war ein unwegsames Gelände.

Der Letzte, der mit Dem Schmied gesprochen hatte, hatte es auch hier irgendwo in der Gegend getan, aber leider versäumt, genaue Koordinaten anzugeben.

Maggie neben mir wurde immer nervöser, ihre hektischen Bewegungen waren wieder mehr geworden und diesmal hielt ich sie nicht davon ab. Auch ich spürte mein Herz in der Brust schlagen, was eigentlich wirklich lächerlich war, denn es war noch lange nicht so weit, dass es Nacht wurde. Aber zuvor mussten wir erst den Spionen entkommen. Die Jagd würde uns viel schneller aufspüren, wenn sie uns folgten – Gott bewahre, wenn sie uns angriffen. Dann konnten wir das sofort vergessen. Ich hatte schon eine Idee. Allerdings litt sie ein klein wenig an der Ausführung, was nicht so wichtig war, denn ich war ein Meister der Improvisation.

Okay … das war gelogen.

Am Kap angekommen, beziehungsweise dort, wo der Kleinbus abgestellt wurde, spielte uns der Zufall in die Hände. Oder Glück. Vielleicht eine Mischung aus beidem.

Wir stiegen gerade aus und waren die ersten paar Schritte der 1000 Meter bis zu diesem dämlichen Schild gelaufen, als der eben noch klarer werdende Himmel in Sekundenbruchteilen schwarz wurde und eine gewaltige Menge Regen auf uns niederprasselte. Alle schrien überrascht auf und ich nutzte die Gelegenheit.

Ich packte Maggie an den Armen, zog sie an mich heran und in den Schatten des Busses hinein und verschmolz mit den Schatten. Ich hatte es lange nicht mehr so schnell tun müssen, aber es funktionierte. Der Druck war offensichtlich groß genug.

Maggie hatte nur einen leisen, überraschten Laut von sich gegeben, aber der war im Prasseln des Regens untergegangen. So schnell ich konnte brachte ich uns fort, durch die dichten Tropfen wahrscheinlich nur als dunkler, sehr schneller Schemen wahrnehmbar. Die Spione waren immer noch Menschen und ihre Augen vermutlich nicht gut genug, um uns zu erkennen. Erst als wir im Unterholz des Faltengürtels ankamen, ließ ich die Schatten gehen.

»Komm, schnell!« Ob gesehen oder nicht gesehen, wir mussten so schnell wie möglich fort von dem letzten Ort, an dem uns die Spione gesehen hatten. Ich packte Maggie an der Hand und zog sie hinter mir her.

»Durch den Regen ist es früher dunkel geworden. Vielleicht nutzt die Jagd dieses Schlupfloch«, murmelte ich und Maggie, die keuchend nach Atem rang, schnaufte. Das Gelände war unwegsam und wir kamen weniger schnell voran, als ich gehofft hatte.

»Das können sie?«

»Ich habe keine Ahnung. Aber sie sind mit Sicherheit nicht begeistert, dass wir ihnen unter den Augen verschwunden sind. Und wütende Engel sind verzweifelte Engel. Ganz zu schweigen von den Spionen, die uns mit Sicherheit schon auf den Fersen sind.«

»Aber die sind Menschen«, brachte Maggie zwischen zweimal Luftholen hervor. »Sie sind nie und nimmer so schnell wie du vorhin.«

»Sie sind von Engeln beauftragt. Können Engel nicht Menschen besondere Fähigkeiten geben?«

»Äh ... vielleicht.«

Danach sagte Maggie nicht mehr viel. Ihre Ausdauer war echt miserabel. Nach einigen Minuten Rennen blieben wir stehen, um Luft zu holen – und irgendeine Art von Plan zu überlegen.

»Wir können nicht weiter kopflos durch die Gegend rennen«, stellte ich fest.

Sie stemmte ihre Hände auf die Oberschenkel und rang nach Atem, ehe sie mir einen dezent genervten Blick zuwarf. »Wirklich?!«

Ich grinste sie an. »Du brauchst mehr Kondition. Also, wenn du ein Schmied wärst, wo würdest du dich verstecken?«

»In einer Schmiede.«

»Danke für deinen Input, den weiß ich immer sehr zu schätzen.«

»Gerne, wenn ich helfen kann.«

Wir liefen langsamer weiter.

»Okay, wir wissen, dass in seiner Schmiede ein Altes Feuer brennt. Entweder suchen wir nach Licht oder nach Wärme, oder …« Meine Worte, die ohnehin nicht viel Sinn ergaben, wurden durch ein lautes Grollen unterbrochen. Es war nicht direkt über uns, aber nah. Sehr. Nah.

Wir sahen uns an.

»So ein Mist«, murmelte ich und über das Prasseln des Regens und das Gewitter hörte ich auch noch Stimmen.

Wir rannten wieder los, aber entweder liefen wir komisch im Kreis oder die Spione kannten sich einfach besser aus, denn ihre Stimmen kamen immer näher.

»… sind sie.«

»Hast du … weitergegeben?«

»Jaja. Waffe … genug Patronen?«

»Die haben Pistolen«, rief Maggie mir über den Lärm zu.

»Ja, das habe ich auch mitgekriegt. Die schummeln.«

»Ich sehe sie!«, rief einer der beiden.

Ich riss meinen Kopf herum. Verdammt, sie waren auf Sichtweite herangekommen. Einer von ihnen hatte tatsächlich eine Schusswaffe in der Hand. Im letzten Moment zog ich Maggie auf den Boden und die Kugel flog über unsere Köpfe und schlug vor uns in den Boden ein.

»Lauf, schnell!«, rief ich.

Maggie aber, schon im Rennen, drehte sich um, zog das Messer aus ihrem Ärmel und warf es. Als von hinten ein schmerzerfüllter Schrei erklang, sah ich sie überrascht an.

»Du kannst ja zielen.«

»Schockierend, oder? Aber er ist nicht tot, glaube ich.«

Da hinter uns immer noch zwei Stimmen waren, aber leiser,

denn offensichtlich hatten sie die Verfolgung abgebrochen, um sich um die Verletzung des einen zu kümmern, stimmte ich dem zu.

»Egal. Es hat sie aufgehalten. Das reicht.«

Allerdings war das Gewitter auch näher gekommen. Es würde bald direkt über uns sein. In Maggies Gesicht konnte ich sehen, dass sie genauso verzweifelt war wie ich. Und während ich sie ansah, blieb ich mit dem Fuß in einer Spalte hängen und sackte unter widerlichen Schmerzen zusammen. Der Aufprall jagte ein weiteres Stechen durch mein Bein, in dem irgendwas geknackt hatte.

Maggie lief noch einige Schritte weiter, ehe sie meinen Sturz bemerkte und drehte sich zu mir um. Ihre braunen Augen waren weit aufgerissen, ihre Haut bleich. Sie starrte auf mich herunter.

»Lauf weiter«, zischte ich zwischen zusammengebissenen Zähnen.

Die Blitze schlugen in Sekundenabständen ein. Einen Moment sah ich sie zögern. Es stand ihr im Gesicht geschrieben, dass sie zögerte und ich nahm es ihr nicht übel. Gott verdammt, ich wollte, dass sie rannte. Vermutlich würde sie nicht weit kommen, aber wenn das, was wir über Den Schmied gelesen hatten, stimmte, dann hatte er vielleicht Mitleid mit ihr und würde ihr helfen. Sie war ja schließlich so wie er.

Aber sie tat es nicht. Sie ließ sich neben mich fallen, während Schmerzwelle nach Schmerzwelle durch meinen Körper jagte. Ich war mir nicht sicher, ob mein Bein gebrochen oder nur irgendwas verstaucht war, aber wegkommen würde ich so nicht.

»Wenn du hierbleibst, stirbst du auf jeden Fall«, flüsterte ich.

Am Rande bemerkte ich, dass meine Stimme zitterte. Die Schmerzen waren das einzige, was ich fühlte. Sie hatten alles andere betäubt. Ich konnte nicht einmal Angst empfinden. Die Angst, die Maggie ins Gesicht geschrieben stand. Trotzdem blieb sie neben mir sitzen. Verdammt noch mal, warum rannte sie nicht?

Die Blitze schlugen nun neben uns in den Boden und in den Lichtern waren Umrisse zu erkennen. Gesichter. Fratzen. Höhnisches Grinsen.

»Ich verlass dich nicht«, hörte ich ihre Stimme, aber sie klang weit entfernt.

Ich würde doch jetzt nicht … zu allem Überfluss … das Bewusstsein …

ENDE von Band 1

Hexen will gelernt sein ...

Valentina Fast
Belle et la magie
Band 1: Hexenherz
Softcover
362 Seiten
ISBN 978-3-551-30089-8

Die 17-jährige Isabelle Monvision lebt in den Tiefen eines so geheimen Walds, dass niemand ihn betreten kann, ohne vorher in einen festen Schlaf zu verfallen. Wie alle Hexenmädchen ihres Dorfs muss sie von Kindesbeinen an nicht nur Rechtschreibung und Mathematik lernen, sondern sich auch in der Zauberei üben. Dass das nicht immer so klappt, zeigt sich, als Belle auf einer Pariser Studentenparty den gut aussehenden, aber viel zu arroganten Gaston in eine Kröte zu verwandeln versucht – was ihr nicht ganz gelingt. Doch Belle ist nicht nur irgendeine Hexe, sondern die Tochter der Hexenkönigin, und hat für ihre Fehler geradezustehen. Um den Zauber wieder rückgängig zu machen, muss sie Gaston in den Magischen Wald bringen. Worauf er nur gewartet hat ...

www.impress-books.de

Romeo and Juliet never die ...

Stefanie Hasse
Liebe keinen Montague
(Luca & Allegra 1)
Softcover
213 Seiten
ISBN 978-3-551-30067-6

Maskenbälle, unsternbedrohte Familiengeschichten und verfluchte Liebespaare kennt Allegra höchstens aus ganz alten Büchern, aber mit der Realität haben sie für sie nichts zu tun. Das ändert sich grundlegend, als sie bei einem Kurzurlaub am Gardasee erfährt, dass ihr Hotel von Nachfahren der Capulets geführt wird. Anscheinend ist ihre Fehde mit den Montagues auch nach Jahrhunderten noch intakt. Als sie aus purer Neugier die andere Seite des Sees erkundet, beginnen sich die Ereignisse unwillkürlich zu verdichten. Denn Allegra trifft auf Luca Montague und damit auf ihr magisches Schicksal ...

www.impress-books.de

Impress
Tauch ein in romantische Geschichten

Impress
Ein Imprint der CARLSEN Verlag GmbH
September 2019

Lektorat: Li-Sa Vo Dieu
Umschlagbild: shutterstock.com / © Nick Starichenko / © Marco Govel / © HorenkO / 123rf.de / © martm
Umschlaggestaltung: formlabor, ungecovert – Buchcover und mehr (Kim Leopold)
Satz und Umsetzung: readbox publishing, Dortmund
Druck und Bindung: CPI Books GmbH, Birkach
ISBN 978-3-551-30196-3
Printed in Germany
www.carlsen.de/impress

Alle Bücher im Internet: www.carlsen.de